三民叢刊102

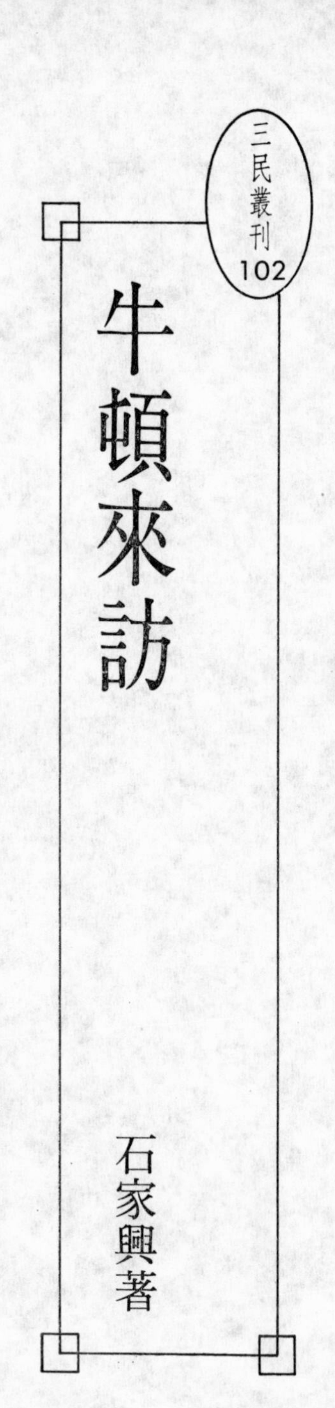

牛頓來訪

石家興著

三民書局印行

自序

石家興

〈牛頓來訪〉這篇文章，來自於我趕寫研究計劃時的靈感，因為我的偏愛，便選做新書名。

寫計劃，幾乎是今天研究工作者最重要、最傷神、也最無奈的一件工作，重要到什麼程度？我有故事三則為證。

有一次，醫師約定我下星期體檢，美國醫師之約早定於三個月之前，如果要更改日期，往往要再拖延兩三個月，相當麻煩，因為我正在寫一份計劃，申請未來三年研究經費，不得不向他告假，體檢改期，他很不高興，起先一直不同意，最後我說明研究計劃到期，一週內必須送審。

他立刻回道：

「為什麼不早說?你去忙罷,什麼時候完工,什麼時候來看我。」

這位醫師也是醫學院教授,完全能同情我寫計劃的苦心孤詣,我的健康,慢點不妨。

有位科學家好友,幼年時術士曾為他算命,註定他將來是位作家,他一向憎恨作文課,很不以為然。半生之後,現在他每年要絞盡腦汁寫研究計劃,沒有計劃就沒有錢,沒有錢便做不成實驗,不做實驗還做什麼科學家?

所以,科學家也必須是「作家」,其寫作分量之重,居然在一生早年便可顯出徵兆!

有對美國父母,兒子是研究生,他們想送孩子一份聖誕禮物,便徵求兒子的心願。兒子回說:

「希望我的指導教授得到 NIH Grant(國家衛生署獎助)。」

他的父母很詫異不解,但是他很明白,如果教授得不到研究費,他的獎學金就要發生問題了。

有人以為做教授很輕鬆,其實不然,每年到了寫計劃的時節,諸神讓位,proposal 第一，連牛頓大師也要走避一下。讀了〈牛頓來訪〉這篇文章，行內同仁，想必莞爾。

《牛頓來訪》這本書，是我個人從事科學工作三十多年的心事寫照，內容很雜，包括報導、論述、遊記，甚至親情等等，可說是一位科學工作者的自我解剖，檢驗內在的心思與情懷，雖然僅是個案一件，不見得有代表性，結果發現，科學家的生活與思維，竟也是那麼地平凡無奇，我們關心的，也不外是家人、職業、社會，即使是對科學還興味十足的執著，和一般人對工作的熱愛也沒有什麼不同，若是說有任何殊遇，我們倒真是二十世紀的幸運兒，世界不論何地，社會對我們的寵愛和期許，遠超過對我們的批評和苛責。

在此要對幾位朋友表達謝意，首先是三民書局劉振強董事長，看上了我的舊作《實驗台畔》（洪建全基金會，一九八六年），因為舊版已停，他決心重印，收入三民叢刊，我也就去蕪添新，加入不少近年作品，這一改頭換面，不得不重訂新名，便自選了「牛頓來訪」，同時也謝謝編輯部熱心編輯，使此書增色不少。

多年來，行內行外朋友對我鼓勵有加，使我有勇氣塗鴉，在此不便一一致謝，老話一句：「投石問路。」拋磚之意不外在引玉。最後要謝謝鼓勵我最多的，還是愛妻簡宛，從她寫的序言，不難看出對我的溢美之詞，是不是有點過分偏心，留待讀者判斷了。

——一九九四年北卡嘉麗

赤子之情——代序

簡宛

在臺北期間，丈夫塵封多年的科學小品文，意外的得到賞識，三民書局要將之列為叢書之一。忙完了在臺的科技推展工作之後，回到美國，行裝未定，他已坐在書房中，依他實事求是的一貫作風，逐一重新校正編排，並加以注明補充，而且還派給了我寫序的任務。

儘管手中的筆已經握了二十多年，給自己丈夫寫序，還是很難下筆，也許因為距離太近，反而難以敘述，也許是太習慣用「既定的尺度」來看他，當他跨行越界時，我這枝文學的筆，反而不知如何寫他科學與文學結合的風格了，就讓我談談他這個人吧！科學我不懂，但和這樣一個多面性的人生活了二十八年，加上婚前交往，三十多年的歲月，是有不少點滴可以分享。

一、情書，書情

過年期間，從娘家抱回一疊舊信，是妹妹翻箱倒篋找出來的寶貝，她交給我時說：

「大姐，你的情書還要不要，再不拿回去，我們要高價出售了。」

當我從妹妹手中接過那一束發黃的信時，多少飛揚的青春歲月，全來到了眼前。

我們那個年代，科技不發達，雖然有電話，但是不普及，寫信成了心靈交流的媒介，雖然都住臺北，雖然常常見面，寫信、讀信，成了生活中的享受。

他的信不長，從沒超過三張，多半的時候都是兩張，當時年輕的自己，很希望有七、八張信紙長的情書可以擁信入眠，可是他總是點到為止，從不贅言。若說他無情，字裡行間又處處誠摯，還透露著天馬行空不落俗套的想法，言簡意切中，也有許多發人深思的玄想，與其說情書，不如說是一對年輕摯友間的心語吧！現在讀他的作品，當年讀信的心情，又回到心頭，我體會到他對科學的情深意重，也蘊含了他超越科學之外的人文情懷。

在一般人的觀念中，學科學的人，必定刻板規律，一成不變外，還缺少想像力。這一切在他身上都得不到證據。他不喜歡旣定的老套，也不喜歡遵循老路，孩子們若有新的想法和提議，和老爸絕對可以溝通。因為他心胸開闊，所以時時有「花樣」出現，又因為有一顆好奇之心，所以生活中，也不斷有新發現，應用到他的專業上，他的發明專利就有好幾項。他最愛說的一句話是：

「沒有創意的工作，永遠在重複別人的想法，而科學若缺少想像力，如何創造新境，為人類帶來新的『明天』？」

就是因為他多種的興趣，也從不局限自己，所以他的研究領域寬廣，關心的層面包括了科技之外的未來世界，他沒有把自己關在實驗室的試管裡，卻用筆抒懷，把他的科學心事與人分享。

其實我早就明白，他寬廣的心胸很難用試管衡量，滿腔的熱情，是需要藉筆書懷的。

二、赤子之心

西諺有云：「每個人心中都蟄居著一個孩子。」也就是說，每個人多多少少保有一些孩子氣。只是經由歲月，有人長大成熟，有人仍然保有赤子情懷。

書中最能表現他赤子之心的，就是那篇〈為父之言〉，他和孩子向來沒大沒小打成一片，但落水「比碧湖」正是他童心未泯的表現，連五歲的孩子都會訓他：「不聽話。」

也許因為他拒絕老化的赤子之心，所以凡事都很簡單開朗，很少有頹喪或消極的情緒低潮出現，他的樂天自在，常常令我嫉妒眼紅，因此封他為「不可救藥的樂觀者」。

就因為這個不可救藥的毛病，他的研究工作不屈不撓，有時一再重複試驗。早年他的沼氣試驗，我是聞之避之惟恐不及，一逕用我「唯美派」的眼光排斥他，他卻不在乎，如今在聯合國的資助下，兩個大型沼氣池，解決了多少能源危機，使大陸許多人家有電可用於炊煮照明。另外譬如羽毛分解回收成飼料及蛋白等專利的發明，不僅解決了環境污染，同時也達到廢物利用的價值。

他的快樂也就在那不斷假設、求證而證明的過程中獲得，他最愛說的一句話是：

「有夢的人生永遠快樂。」

我始終弄不清楚，是因為他的赤子之心使他如此快樂？還是他不可救藥的樂觀，使他擁有赤子情懷？

三、啦啦隊長

在我們的一生中，總有許多需要人扶持與救急的時刻，美國人稱之為「救火隊員」。在起起落落的生活中，我們更需要「啦啦隊長」的鼓舞與打氣。

朋友們都知道我們家有很好的啦啦隊長，在情緒低落時，有人在旁打氣鼓舞，掃除一些陰雲愁霧。他們有時也借我的啦啦隊長去吆喝一番，效果好像也都不錯。

對於科技的生根與發展，他始終抱持的也是無比的信心與希望，彷彿也像一名興高采烈的啦啦隊長，精神十足，這些年來，有十多年了吧！年年回國為科技不遺餘力，只有與他生活在一起的人，才會真正感受到他的寬厚胸襟，和不屈不撓的啦啦隊精神。

這次在臺北，看到了我們社會的繁榮與富足。年年回去，年年在變化飛躍中，在豐衣足食的背面，他看到了問題——譬如農業的危機，也關懷環保——譬如污染之嚴重、水土之流失。於是，又責無旁貸的與同行聯手，做起了啦啦隊員，為生物技術發展而敲鑼打鼓。

科學生根一直是他的夢，我已經聽了幾十年，這本書所記載的，也正是他心中盤繞的夢和理想，譬如〈生物技術能為我們做什麼？〉、〈如何迎上前去〉以及〈迎接生物技術年代的來臨〉等等篇幅，讓我這外行人也感受到生物科技的重要。

希望這本書的出版，是一個火苗，一個開始，將來不斷的有火種薪火相接引出大家的興趣。有夢的地方就有希望，我們將有更多的《牛頓來訪》。

——一九九四年九月北卡

牛頓來訪　目次

報導篇

小說篇 199

附錄 213

石家興博士生平簡介 243

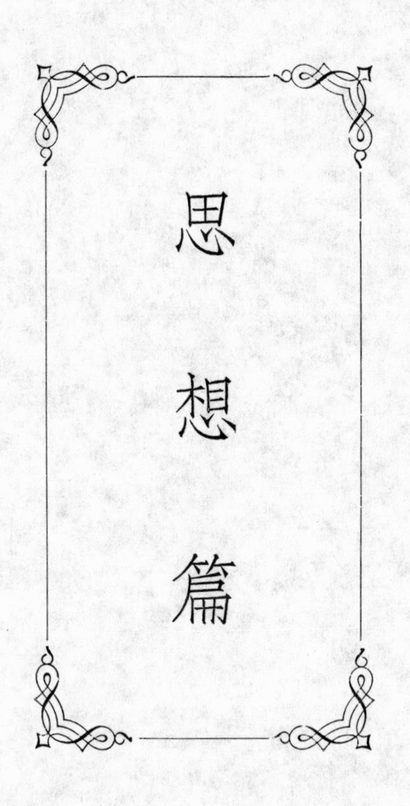

思想篇

知識的力量

今年去開學會，會後幾杯啤酒之間，聽到這麼一個第一手的故事，某某營養學者被美國農業部找去解決一個問題，原來當年希臘國內的小麥豐收，美國農業部很恐慌，因爲希臘如果大量傾銷，必然影響到當時美國在世界上的小麥市場，於是找來這位動物營養權威來「幫助」希臘消耗他們的小麥，這位學人是眞有點學問，經常顧問於各國飼料業，這次他輕而易舉地爲希臘飼業界寫個新處方，成分中大量加入小麥，終於解決了美國小麥可能發生的賤價和出口的問題。天眞的學者也許會對這故事感到驚訝，我卻深深感到知識的力量，知識經過政府的配合和運用（經情報蒐集、市場分析，到學術權威）會產生更大的力量，以致誘人就範。

人與人之間、國與國之間，誰懂得多誰就佔了上風，辯論也好，會議也好，往往就是知識力量的較量，音量大、手腕巧，也只有在知識力量旗鼓相當時才有一點兒作用，如果知識差得太遠，別說辯論，連上了當還可能自以爲得計哩！

「萬般皆下品，唯有讀書高」的時代是過去了，由於工商業的發展，自然而然資本家慢慢進入社會的主流，其中免不了有「挾資自重」者。相對的方面，「書生之見」逐漸成了「不切實際」的代名詞，在舊八股取士的時代，書讀得愈多，脫離現實愈遠；新式取士見重於學位，但有了學位而後，不再在學問上進取的人也不少，做了官的，抱怨沒有時間讀書，教了書的，仍在故紙堆裡做文章，自限於象牙塔。這些代表學識的知識分子，再也跟不上時代，當然樹立不起權威，長此以往牽累出一個不好的結果，就是社會上普遍地輕視知識，重視金錢，社會固然由於工商業的興起而繁榮，也可能得不到新學識的長久支持而衰退下去。

要想知識發生力量，來服務農工商業，參予政治經濟計劃，一方面要促進大衆對知識有正確的認識，另一方面，知識界傳統士大夫自鳴清高的習氣要改，野心與胸膛不妨放大些，多與外界接觸，把農工業的問題帶進實驗室，把實驗室的結果推廣到農田與工廠，政治經濟的理論，除了在研究室研討之外，也不妨進一步與政治家合作，做一些實際的推廣。西方學者老早就服膺了「知識就是力量」(Knowledge is power — Francis Bacon) 的一句老話，一般來說，西方學人比較有野心，比較外向，在學校內，他們盡力引進大批研究費，收羅高手一起研究，對校外也保持密切的關係，一旦得到政界或農工商界的賞識，便順理成章地把他的理論推廣運用起來，他們是很入世的，更談不到什麼高風亮節了。

有一回同美國教授談起美國學界的「俗氣」，我表示非常失望，他回答道：

「那是你自己的問題，學術界一向如此，和其他行業界沒有什麼不同，以我自己爲例，我若不『俗氣』一點，研究費也沒有了，學生獎學金也沒有了，我什麼也不能做，等於退休！」

——《時報周刊》一九八〇年四月五日

那温濕的感覺

一天到校上班，進到實驗室，發現黑板上幾行大字，一看字跡便知道是我那寶貝實驗助理的傑作，細讀之後不禁失笑。

他寫道：

「在實驗室裡做出個好結果，好比穿著深色西裝尿濕了褲子，自己感覺到很溫暖，外人毫不知情。」(Doing a good job in the lab is like wetting your pants while wearing a dark suit. You've got the warm feeling, but nobody noticed.)

他的描寫雖不算雅，但非常眞切，相信從事研究工作人士，一定會有同感共鳴，做科學家的第一步，恐怕就是這種自得其樂而甘於寂寞的心情。

俗語「隔行如隔山」，各種行業都有其「不足爲外人道」的特色，近年來科學工作不再是一種新鮮職業，但是一般人對科學家的看法仍然很陌生，甚至入了門的人，對自己工作的特性及需要也不甚瞭解，「由誤解而入門，因了解而改行」的不在少數，其中浪費的心力與時間是很可惜的。

歸納一般人對科學家的誤會有四種：

第一種是「敬而遠之」，對科學尊重有加，但卻之以高深，其實稍費心思了解一點近代科學的發展，學習一點淺近的科學原理與應用，所需要的大腦和時間，遠比不上四圈麻將、一局球賽。

第二種是「予取予求」，傳聞某企業家曾說：「博士、碩士沒什麼了不起，我公司裡就好幾打！」這種人需要專門知識時，便向科學家收買壓搾，但不知道對整個學識的尊重，更不要說對科學研究的支持了（這位大言不慚的企業家，據說晚年幾近破產）。

第三種是「科學怪人」的看法，視科學家爲外星球生物，認定他們頑固刻板，不通人情，我不知這種印象由何而起，但有故事一例，從前我爲幼兒沖奶粉，自數攪拌一百次，友人嘲笑道：「難道九十九次不行嗎？眞是科學作怪！」我的解釋是：「九十九當然可以，一百不過是個客觀的計量，這樣我才不會太離譜，當我太懶太煩時，也許五十次便覺得有三百次之久。」科學訴諸於客觀、理性、計量，常爲人詬病爲不通人情，其實科學是最通人情的，但不是亂講人情。

第四種誤會是「科學明星」的看法，由於科學從業人士日眾，科學家形成一種「次文化」(subculture) 團體，自成系統及行規，加上社會普遍對科學發展的關心，又有每年度諾貝爾獎大選，各學會的成就獎，造就出一批成名的「明星」出來，他們各處演講、開會，今天在華盛頓，明天在巴黎、東京，臺北也都有這類似的人物，某些人能言善道，爲年輕學子所景從，視之爲科學家之典型，外行人更是莫測高深，只好言聽計從，事實上，大部分明星已從科學的第一線引退，他們玩政治多於玩科學，由於他們的知識與經驗，假如不「表演」過分，也是科學與社會之間最好的橋樑。不幸的副作用是：年輕人看到成名學人的權力，見不到背後長期的苦力，他們以學科學爲手段，追求名望爲目的，入門之後，喜歡高談闊論，最怕實驗難題，熱愛開會遇名人，最受不了實驗室的寂寞歲月，幾年下來，不歡而散。

綜合以上的「誤會」，可見科學與大眾結合，還有遙遠的距離，從事科學工作的人士也不應自外於社會，應該增加大眾對它的了解，尤其是科學研究所需要的特殊條件。學術上的難題或重大的發現，沒有不是經過十年、二十年的苦功，一項大的突破或進展，往往是無數微不足道的小成績積合而成，其過程需要無比的耐性與堅持的恆心，要支持那恆久的耐心，正是那不足爲外人道的小成績，那一次又一次「溫濕」的感覺。

——《時報周刊》一九八〇年四月五日

美國也有一條愛河

最近讀報，才知道美國紐約州尼加拉城（Niagara），也就是著名大瀑布所在地也有一條「愛河」（Love Canal），而且出了天大的新聞。

近年來愛河一帶居民常鬧怪病，特別是年幼兒童，健康檢查發現，大約三分之一的愛河居民，體內細胞染色體都有斷裂的異常現象，細胞在這種情況下極有可能成癌；環境檢查又發現，房屋、花園到處都有致癌的毒性化學物質。於是州政府立即關閉了兩百三十七家住戶，如果預算可能，並將再遷移五百五十戶人家，同時，國家環境保護局提出訴訟，控告一家虎克化學公司（Hooker Chemical and Plastic Corp），要求一億兩千四百萬的賠償。

話說一九四二到一九五三年，虎克公司曾經利用愛河地段做爲化學垃圾場，棄置各種化工廠的廢料，總量高達兩萬噸，後來用土掩埋，把地轉讓給當地的教育局，以後學校建在上面，公園、住家也都在上面發展起來，想不到「天有不測風雲，人有旦夕禍福」，化學廢料像「計時炸彈」，時候一到慢慢地滲透出來，悄悄地污染了建築及園地，最後竟然潛入了居民的身體，並遺傳到第二代，有的生產不正常，有的出生之後得了些莫名其妙的病症。

有一對心想生三個子女的夫妻，生了兩個孩子都不太正常，只好放棄生育：

「醫生告訴我們，化學毒物已經停在我們體內的脂肪組織，隨時可以得癌致死，可憐的孩子的基因也已被破壞，我們不得不向他們解釋，將來他們結婚成家都有問題。使我們難過的是親友也不諒解，以爲我們在自找麻煩，又造成這一帶房地價慘跌，更不堪的是，我們被視爲『帶毒的怪物』。」

這些受害人，除了健康的損害之外，精神上的痛苦更是難以言喻，無從彌補了！

從上述的愛河事件，忍不住想起我們自己的愛河。記得中學時代去南部旅行，夜間抵達高雄，三、五好友到著名的愛河岸邊溜躂，河光映照著城市的影子，夜色裡襯著整齊的公園與路燈，直覺得愛河的名字取得夠羅曼蒂克。第二天上午去愛河划船，看到河水烏黑，覺得很煞風景，戲稱之爲「黑色多瑙河」，划起船來也是小心翼翼，莫濺衣裳。後來才知道愛河無辜，而是附近的工廠與住家都在利用這條大「陽溝」。

那已是二十多年前的故事了，久違愛河，想必別來無恙，但希望從別人痛苦的經驗裡，我們也學習到保護自己的愛河與愛河的子民。

——《時報周刊》一九八〇年八月

近年來臺灣創造了傲人的「外匯存底」，但是環境的污染依舊，好比一位鉅富，居住在破屋陋巷，頗不相稱，要建設臺灣成為「東方的瑞士」，還要投入更大的決心和代價。

——一九九四年附記

科學研究的客觀與主觀

有一年在一位名教授的實驗室做研究，目標是用化學合成的方法，來仿造一種酵素的「活性中心」(active center)，花了一年多的工夫，辛辛苦苦合成了幾個化合物，但是沒有一個顯出高度的活性，大家都有點兒洩氣，討論會時做了許多「客觀」的分析，暗示我的徒勞無功，可是我也有一連串的構想，「不到黃河心不甘」，於是固執地說：「誰也不知道究竟會不會成功，在這種情況之下，就要看人的因素了，我是個頑固的人，如果眞是一條死狗，要讓我再踢一腳才放心。」衆科學家沒有話說，我又繼續孤軍奮鬥，不久之後，另一所學校有個職位相邀，我轉往就職，這項研究也就不了了之。

這些年來，仍然在學術界工作，研究工作一件接一件，成成敗敗均不在少數。我喜歡把研究工作分爲兩類，有的研究，收集了足夠的「已知數」，照著已有的事實和理論，「客觀」地分析一下便已珠璣在握，加上一點實驗技術便可馬到成功。這一類的工作通常沒有什麼「創意」，目的在增加一些資料和數據，或是把已有的發現應用到其他方面，像這類工作者，有位教授稱之爲pedestrian scientist（試譯「學界行人」），他們也有相當的地位，是科學界的「中產階級」，科學的運用與推廣，主要靠這一群人，好比是一般音樂廳、夜總會、廣播、電視的音樂家，帶給社會許多樂趣與福利，但不是科學界的貝多芬和巴哈。這一類工作的成敗，通常要看「客觀條件」，一個人頭腦清楚，資料夠，設備好，便可生產出一定水準的貨色。

另外一類工作，則近乎於藝術家的創作，在一個全新的領域裡，既無前人可追，亦無先例可循，說給別人聽，別人也不敢相信，一次做不出來，兩次也做不出來，連自己都覺得灰心，但是還不死心，好像在一片混沌之中，要去摸索那一線靈光。「客觀的分析」再不發生作用，已有的智識、資料，甚至儀器設備都到了盡頭，幫不上忙來，這時候的成敗，大概就決定在一般人所說的「運氣」罷！

「運氣」，其實就是客觀條件之外的「人的因素」，也就是一個人的「主觀條件」，是一種直覺，一種靈感，一種不落俗套的創意，若是成功，有一百種解釋；若是失敗，也有一百種解釋，換句話說，「不可思議」，一些不可思議的成就，才是科學上的躍進，這些成就和藝術家的創作有非常類似之處，都具有相當強烈的「主觀意識」，一流的科學家，雖然也採納客觀的知識，但不囿於舊有的理論，像一位大畫師一樣，「客從主便」地揮灑自如，找到全新的發現或創出全新的理論。

科學上的進步，我想兩類工作都有貢獻，如果只靠客觀的充分運用，而沒有主觀的福至心靈，科技恐怕還停留在石器時代；如果只有主觀的創見，而沒有客觀的推廣，科學也很難生根發展。近年來談科學發展，從國家政策到教育方針，似乎都過分強調了客觀條件，忽略了「人的因素」，更不談科學家的心靈了。學問，只講究博聞強記；研究，只要求立竿見影，科學家的創意只好埋沒起來，都成了「學界行人」，局外人以爲「科學」是了無生機的死學問，甚至認定了「科學家都是死腦筋」，是「呼之卽來，揮之卽去」的機械，嗚呼，科學家畢竟是人，讓我們爲「主觀意識」保留點餘地吧！

——《時報周刊》一九八一年二月一日

如何培養創意

前次在「實驗台畔」談起科學研究所需要的「主觀條件」和個人的「創意」，有時我們稱讚某人很有「天才」，意思是他能做出別出心裁的事來，究竟一個人的「創意」是如何發展出來的？

對於追尋「創意」的究竟，是心理學最好奇的一項研究，對於「創意」的培養，更是教育學家最想知道的方法，近年來，這方面已有一些進展與了解。

心理學家發現一樁事實，在人的大腦裡，主司邏輯與創意是兩個不同的部位，前者是在大腦的左方，不但掌理邏輯，也處理記憶、分析、計算等職，後者是在大腦右方，除了發生創意的靈感之外，也是對於美術、音樂、文學的感受區，大腦左右兩部，各有所專、各有所司，至於那方面比較發達，有先天性遺傳因素，也和兩部位的「運用量」有關。正好比一個人的左右雙手，有人擅右，有人用左，是一種天生的習慣，也是訓練的結果。

工程師和數理學家，往往精於計算，邏輯靈活，左腦用得多，也愈熟練，因此記憶力強、分析快，使他們常成爲橋牌和麻將高手。音樂家、美術家和文學家，他們不斷地欣賞各種作品，其實就是不停地刺激右腦，最後產生出全新的作品，這種成就往往是純粹的創意，除了浸淫其中，很難分析出一個明顯的法則，大部分的人呢？他們居於兩者之間，邏輯與靈感交互出現。從這裡我們得到一個結論，就是美學方面的陶冶，可以刺激右腦，啓迪靈感。這個重要的發現，給予教育家一個很大的啓示，而且，每個人不妨都可以自問一下：「我的專長在那裡？」「我所受的訓練是偏重左腦呢？還是右腦？」「我所受到的訓練對我有多麼大的影響啊？！」

談到影響，不免會聯想到今天教育的制度與方法，我們的教育是在選拔什麼樣的人才？在淘汰什麼樣的人才？我們的考試制度是提拔「左腦人物」，教育方法是大量地訓練左腦功能，由於「創意」沒有考試，這方面的訓練也就荒廢了，右腦得不到經常的刺激，自然產生不出「別出心裁」的靈感來。回過頭去看中國古典教育中提倡的「德智體群美，五育並重」，甚至更早的「六藝：禮樂射御書數」，倒眞是先賢的經驗結晶，今天從現代心理學裡，才找到了理論的根據。因此，不論培養任何專業的人才，要他們有創意性，就應該提倡文學、音樂及美術的陶冶和訓練。

美國洛氏基金會（Rockefeller Foundation）所支持的人文委員會（Commission on the Humanities）在去年提出一項重要的研究報告，關於人才培養，他們相當強烈地反對傳授狹窄的技術知識和一些技術名詞，他們建議在小學生時代就應該多接觸文學及藝術，要培養孩子的好奇心和創造力，就要儘量強調「美術、音樂、舞蹈、詩歌、話劇、故事」，同時去刺激孩子們的相互討論，並且要重視他們的個別反應。中學生以上，要鼓勵青年充分地運用人文來發展出對事物的「批判力、想像力，和獨立的思想」。

寫到這裡，不禁想起在美國的一位教授的故事，他們系裡每年都有不少國內的學生申請深造，多年的經驗使他得到一點心得：

「我們不一定選成績最好的學生，××大學的學生都有一定的水準，九十分與六十分在知識程度上所差有限。我發現在國內實驗課不太好的學生往往比較頑皮，但是來了研究所之後，靈活而有創見，反而是不少八、九十分的『好學生』，來此之後在實驗室裡一籌莫展。」

以上雖然是他個人的經驗談，但是，我們不得不承認一個相當普遍的看法，大多數人認爲一個學生在校成績和他以後在社會上的成就沒有多少關聯，如此說來，我們的教育方法和考試制度是不是有問題？我們是不是過分地強調左腦訓練，而忽略了富有創意的「右腦人才」？

眞理難求

古人有云：「盡信書，不如無書。」在研究工作的領域裡，越發感到這句話的貼切，一個看似簡單的問題，往往答案是愈求愈複雜，一項新實驗，便得一個新的結果，幾十篇不同的報告看下來，弄得莫衷一是，只是掩卷一歎：「眞理難求！」

舉個例子：近代人的最大病敵，恐怕就是心臟與血管病，多數由動脈硬化引起，在臺灣，它是病亡原因的第一位，在美國，將近一半的死亡歸罪於它。病理學、生理學、生化學、藥學、營養學、公共衛生學，甚至心理學，無不重視這方面的研究，可是多少年下來，眞正的原因仍然是個謎。雖然不停地有新發現，但每一個新發現，又是一個新方向，如今動脈硬化的理論有五、六種之多，「公說公有理，婆說婆有理」。

七十多年前，一位俄國科學家曾將膽固醇（cholesterol）大量加在白兎的飼料裡，幾個月之後，血液與血管中的膽固醇大增，並引起動脈血管硬化，經此之後，許多類似的實驗，也得到相似的結果，從公共衛生調查裡，也發現心臟血管病與血液中膽固醇相關，統計起來，心臟血管病患者其血液膽固醇平均也高，這下子好像捉拿了罪魁，「降低血液膽固醇以防止心臟病」的聲浪大起，二十年前，美國心臟學會的醫生們便極力主張力求減低體內膽固醇的含量，減少食用含膽固醇的食物。

儘管如此，他們還是不敢把「病因」的帽子加在膽固醇的頭上，因爲有許多心臟病與腦溢血患者，血液中膽固醇並不高，同時也有膽固醇甚高者，並沒有發病，就個體而言，二者並無一定的因果關係，更何況，卽使不吃含膽固醇的食物，人體內也會自行合成，並不是完全由食物可以控制自如的。

是不是含膽固醇的食物可以影響血液中的含量呢？也不見得。最近，人的群體實驗指出，一天吃一、兩個雞蛋，對血膽固醇並無影響。雞蛋原是公認最好的營養食物，但爲了其膽固醇高而引人側目。其實一個人一天要吃到八百毫克以上的膽固醇，才會使血液中的含量小小上升，但是八百毫克相當於三個蛋的膽固醇，有多少人每天吃三個蛋呢？由此可見，正常的食物量，對人體內膽固醇的多少並無太大影響。近年來，心臟學會的「反膽固醇」的聲勢也小了很多，畢竟，沒有一個人像兎子實驗一樣地大灌膽固醇。

去年間，美國國家科學院的食物營養委員會正式公告：避免食物中的膽固醇與防止心臟與血管病的關係是「查無實據」，這又引起了軒然大波，一些堅持「膽固醇論」者，指控委員會受「惠」於食品業，其中包括雞蛋業與乳業。

「眞理」究竟在那裡？「難尋！」

故事並沒有完，最出名的「法明翰研究」（Farmingham Study），追踪研究美國麻州法明翰鎮居民五千二百零九名的病歷三十二年（一九四八年起），今年發表的一篇報告說，雖然血液膽固醇含量與心臟病率仍然是正相關，但是卻發現了與大腸癌病率是負相關，換句話說，血膽固醇愈低，癌症的機會愈大。這個發現，無疑是對心臟學會的「背後一劍」，醫生們又爭先恐後地：「我說降低血膽固醇，但沒有說降到兩百以下呀！」

——《時報周刊》一九八一年九月八日

註：200毫克/100毫升是血液膽固醇的一般含量。

他山之石

一個城市人從他的工作退休，決定遷居鄉下務農，爲了養雞，他買了幾十隻雞蛋種在土裡，結果沒有一隻長出來，他去請教從前的同事，他同事很自信地說：

「你知道，蛋有受精與未受精之別，你若是買了沒有受精的蛋，當然是長不出來，但是，你不妨試試直接種小雞。」

他覺得有理，又買了幾打小雞來種，不久小雞全死了。他決定去大學找教授談談，他走進一所農學院的土壤研究室，一位教授很善意地安慰他道：

「你別難過，你把農場的土壤挖些來，我們只要分析一下便可查出原因何在！」

這是美國農業界相傳的一則笑話，最近我應邀到附近一所高中演講，便用這個笑話做「開場白」，這個「開場白」效果不錯，立即與這些嘻嘻哈哈的中學生的距離拉近不少，我

「蓋」我的生物技術，他們也很給面子，耐性地聽了一小時，氣氛輕鬆，兩相愉快。

雖然是一場輕鬆愉快的演講，背後也有它嚴肅的目的。

暑假期間，我到一個暑期研討會講演，對象是各高級中學的就業輔導老師（career counselor），這些老師的主要任務不是教課，而是指導高中畢業生的升學及就業。他們是介於高中與大學及社會間的介紹人。研討會的目的，便是把近年農工商各界發展近況介紹給這些與會的老師，他們是畢業學生的觸角，爲學生探測未來五年至十年的出路。他們也有許多內部作業，譬如對學生做性向測驗，分析每位學生在學業上的長短，介紹新科技、新行業，當然最重要是指引將來的就業機會。

研究會上一位老師看上了「生物技術」，秋季開學之後，邀我去學校對兩百位應屆高三畢業生演講。我把近代生物學的發展到應用，配合一兩個實例，做了一個淺近的介紹。想不到引起學生們很大的興趣，後來他們告訴我，平常來「蓋」的都是工程、電腦、企管等等，這是頭一遭聽到「生物技術」，他們覺得非常新鮮，想「再聞其詳」的爲數不少，我也感到很安慰，有點「佈道」的快感，這群孩子裡面，如果將來有一、兩位出色的生物學家，此行便是不虛。

回想自己的中學時代，一群朋友包括自己在內，到了畢業還是迷迷糊糊，昧於外情，大學裡究竟學什麼？社會的發展是什麼？除了道聽塗說、親友傳聞之外，眞正是「不知天高地厚」；對自己的了解呢？「智能性向」一無所知，雖然腦子裡裝了些「經世濟民」的道理，但頂多是個「志大才疏」而已。如果我們能從中學起重來一次，雖然我們的成就也許仍然不多不少，但是一定可以做得早些快些。回想起來，從前誤打誤撞的地方實在不少，如果有位有經驗的「顧問」從旁指引，不知可節省多少歲月？

美國中學、大學的輔導工作做得好，出類拔萃的，有二十歲的博士，三十歲的諾貝爾獎得主；從政的，有三、四十歲便進入白宮一級幕僚；體育方面，那就更早了，世運金牌得主多在二十歲以內。拿中等資質來說，也能各適其所，事業早成，我認識幾位朋友，六十不到，專業已服務滿二十五年，從一個職務退休下來，又重起一個自己心愛的事業，享受第二趟生涯，好比那前述的「農夫」，享受「種雞」的新趣。

——《時報周刊》一九八二年元月

師生之間

參加學術會議總會遇到許多同窗舊友，在美國的中國同行，藉機每年聚會，亦一樂也。

最近一次開會期間，發生小故事一則：幾位中國朋友邀在一起晚餐，旅店裡巧遇另一位老友，於是拖他同行，此君面有難色，終於道出原委，正在等候他從前的「老闆」（指導教授的流行稱呼），我們看時間尚早，便陪他一陣，聊著聊著已超過他們預約時間半個多小時，於是勸他免等，老闆爽約作罷，但是他很堅持，我們就別他而去。次日遇到此君，才知道這位老闆晚了一個多小時，很驚訝他還在「癡癡地等」，他本人還覺得很安慰，沒有白等，是不是還掏腰包請客吃飯，便不得而知了。

從兩種文化的角度，這則小故事有兩種不同的看法，在東方文化裡，「一日爲師，終生爲父」，對師長的百依百順、忠心耿耿是一種美德，古典的例子，如「張良求師」和「程門立雪」，都是千古佳話，中國人心目中的師道尊嚴，是美國人想像不到的，因此許多「老美」做了「老中」（都是國人在美的流行稱呼）的老闆，無不「受尊若驚」，進而「樂此不疲」，甚而「予取予求」。來美多年，看得多了，心中感受是很複雜的。

在西方文化裡呢？師生是平等的，出去喝杯啤酒，也是各付各的鈔。教室上課，只限「授業、解惑」，他關心的並不是學生的前途，而是他自己的表現。我初抵美國之際，找老闆商量選課及從學途徑，他只簡單地說：「選課是你自己的事，只要保持平均成績B，不被研究院踢走就成。」當時我簡直不敢相信這是師長的話，好在處變不驚，很快就了解到，美國師生不過是雇傭關係而已，用獎學金交換實驗結果。畢業後，我個人研究題目，有小部分與他的相似，他很不高興，當然，這也是「擡舉」了我，一畢業便平起平坐，視為競爭對手，對他而言，這是自然而然的事，我卻傻傻地以為幫他擴大了我們從前的研究領域。

中國留學生在美國，首當東西文化之衝，不免都有適應的困難。一般來說，中國學生多數珍惜受教育的機會，兢兢業業，全力以赴，目前已掙得不小的學術地位，美國大大小小的學術雜誌很多，幾乎沒有一本上面沒有一兩個中國名字，這是我們值得驕傲的地方。做研究，個個都有一手，不過，在做人方面，我覺得需要格調（taste）的提升。

有人在同胞面前猛吹大蓋，碰到老美便矮了一大截，只會點頭陪笑；有人會看走眼，遇到老中的美國助手，誤認爲是大老闆；逢到「中美大戰」（學術也好，政治也好，免不了人際衝突），有人罔顧信義，向老美靠邊站；逢年過節，有人拿出國人「禮多人不怪」的絕招，把老闆或上司哄得「受寵若驚」……形形色色，若是細細描寫，便是一部「新西遊記」、「新浮世繪」，或「最新儒林外史」！事實上，不論什麼策略，不管什麼招數，老美還是老美，他們先想到的還是「自己」，他們眞正尊敬的性格便是「獨立」。你若是依賴他，他會欣然地享受你給他的好處，但莫要期望他分擔你的風險。

國外的中國學人愈來愈多了，每次大型學會也有聚餐、茶會等等場合，關係逐漸密切而具體化，原來一些「小道消息」，現在慢慢形成了「公論」，做人做事，彼此之間也有風評。正面的影響也在發展之中，譬如互通信息、相互推介提攜，也有合作研究的，這是一個非常可喜的現象，希望繼續發展下去。也許又有人想同猶太人比較了，其實，中國人比猶太人更行，中國人聰明勤懇，而且寬厚，如果再加上一點開朗與獨立，世界上任何民族都比不上的！

——《時報周刊》一九八三年三月

生命從那裡來

「宇宙與生命，都是瞬時間的無中生有。」

「遺傳突變和自然淘汰不足以解釋生命的複雜。」

「生命一經創造之後，物種的變化非常有限。」

「人與猴絕不同宗。」

……

以上一些「定理」來自於所謂「創造學」(creation science)，最近在美國頗負盛名，雖然改名換姓，但是脫不了它的原形，那就是相信「上帝創造萬物」的「創造論」(creationism)。

有一批虔誠的基督教會人士，其中也不乏飽學的科學家，他們堅信宇宙、生命和能源都是上帝一手製造出來的，除了《聖經》之外，雖然找不出其他的證據，可是，基督教會人士堅持達爾文的「進化論」也是一樣的證據不足。一九二五年，他們反對學校所傳授「人是從猿猴進化來」的理論，但是在法庭上打了一場敗仗。現在他們變聰明了，改稱自己爲「創造學」，與「進化學」(evolution science) 對生命的發生做不同的解釋，自認爲是學術上不同的理論。

這一招「魚目混珠」果然了得，加上教會人士政治力量雄厚，「創造學」混過了州議會立法，打進了學校教育，目前已有兩州的法案承認「創造」是一種學說，規定學校裡要同時教授「進化」與「創造」兩種理論。這兩州是阿肯色和路易斯安那，另外還有好幾個州對此「學說」興趣濃厚，都在醞釀立法，給予合法教學的地位。

面對此一嚴重之挑戰，美國科學界不得不「揭竿而起」，組織了一支尖兵，直搗阿肯色州小岩城 (Little Rock)，與阿州政府對簿公堂，他們控告州政府違憲，理由是：第一，政治與宗教不分；第二，干涉學術與教學自由；第三，違憲性曚混。十二月下旬，官司打了九天之久，雙方證人來自全國各州各地，最後的判決是阿州政府敗訴。聯邦法官 W. J. Overton 很清楚地指出：

「創造學與基督教會有明顯的密切關係，傳統上便是反進化論，其最終目的是傳教，是把《聖經》帶進學校教材。……創造學本身並不是一種科學，因爲它沒有科學的實證性。」

法庭上有許多證詞非常精彩，都是活生生的好教材，有的是理論上的人神之爭，有的是科學與非科學之爭，但最切實際的是一位教員的證詞，她說同時教授「進化」與「創造」，好比用左手打自己的右頰，再用右手打自己的左頰，當學生一再追問：「究竟那一個理論是對的？」教師的信用與尊嚴盡失。在準備教材上更是困難重重，因爲「創造學」的參考書只有一本──《聖經》。因爲《聖經》的權威性，根本沒有辦法對學生做質疑、分析、判斷的科學訓練。

科學家打了勝仗，應該是很高興，其實不然，一方面他們要準備再戰路易斯安那州，再一方面是學界的支持相當微弱，這次幾名強將都還是一九二五年的「老兵」，學術界的通病有二：一是過度自信，一廂情願地以爲宗教與科學戰爭早已結束；二是事不關己的冷感。

對科學界而言，這場官司也有勝之不武之嘆，因爲勝在法律觀點，阿州的主要罪名是「政教不分」，其次是「創造學」之非科學。而正宗科學之式微，不能深得人心也是事實，科技造福人類很大，危害性的副產品也不少，而更令人寒心的，是科學家愈來愈強烈的疏離感，加州大學教授 T. H. Jukes 感嘆地說：

「科學家已漸脫離群眾，成了一小群優越分子，他們要很辛苦地工作，才能過重重難關把研究報告發表出來，但是『創造派』可以放肆地寫作印發，輕易地贏得了民心。」

——《時報周刊》一九八二年元月

賽　鼠

同一位研究生談起工作與婚姻，他說：

「現在除了忙博士學位，也擔心找不到工作，找到工作之後又怕落伍，別說將來研究工作是否出色，即使每天的新書、新報告都讀不完，研究生根本沒有時間考慮結婚成家，成了家也照顧不到。」

我聽了之後，覺得他說對了一半。

科技發展日新月異，進步迅速，拿生物科學來說，十年前分子生物學才初具規模，今天生技（biotechnology）公司已似雨後春筍，其中過程包括新觀念的發生，新知的累集，和新技術的發明，包羅了多少人的智慧與努力，做科學家的，一路追趕，疲於奔命，剛弄懂了一個新觀念，更新的想法又發生了，才學會一項新技巧，更新的技術又在別的實驗室發明了，若想跟上時代，又想跑在前頭，談何容易？於是大批的科學同業，眞是兢兢業業，孜孜不倦地努力。

一看新出版的雜誌已經太慢，要找原作的初稿（manuscript）來讀；讀全文也太浪費時間，要掃描目錄（contents）或摘要（abstracts）；實驗做到一半便趕著發表，深怕別人搶了先著；開會，必須場場要到，否則走漏了消息；聽講，不但是臺上的，還要到酒肆裡刺探「軍機」，儘管是謠言傳聞滿天飛，但是多一點情報便多一份炫耀；回到實驗室，夜以繼日挑燈夜戰，不外乎要一步搶先……在西方學界，這種競爭稱之爲「rat race」，普遍存在於許多著名學府、研究室或工業研究所裡，中文不妨直譯「賽鼠」，好比賽馬、賽狗，都是比速度，但是用「老鼠」比擬現代科學家的鑽之營之，無孔不入，也頗貼切。

科學到了這個地步，已與古典科學家大異其趣，十九世紀的科學是一種出世而平靜的「藝術」，當年科學家多於「內省」，少於「外爍」，先有玄想再設計實驗，實驗的目的在驗證或是捕捉那一瞬間的靈光，連實驗儀器也同藝術品一樣，由自己來設計製造。

今天，科學是一樁大「事業」、大「企業」甚至大「商業」，能力高強的科學家不再限於實驗室裡玄想，而是外通「財團」內理「萬機」，要結識研究計劃的「投資人」，也要領導各級人才，從研究生、技術員，到博士研究員。他是財務能手，平衡大筆財政的收支出納，同時也是一流政客，在外界同僚間要有政治手腕，懂得結交「權貴」，在重要時刻也能橫著心腸「巧取豪奪」。這種人如果進入一個研究題目，挾其財多勢重，往往排山倒海而來，其鋒銳不可當，中小型研究室，稍一不愼便被他全盤通吃。他們不再是古典型的「純」科學家，而是學界大亨，有人說商場如戰場，今天西方科學界爭先恐後的「賽鼠」，與商場相較，五十步與百步！

在這樣的形勢與壓力之下，難怪年輕學人有「毀家紓難」的感慨！未立業的不敢成家，成了家的也有家庭破碎之虞。不少有鬥志有雄心的年輕科學家蜂湧而上，參加「賽鼠」，能力強的跑在前頭，也出盡鋒頭，未嘗不是一種合乎自然法則的優勝劣敗，但是因爲壓力太大，不光榮的勝利、不名譽的手段也就層出不窮，最近美國就發現了好幾個「研究作弊」、「僞造數據」的例子，有位研究生造假，把他教授幾乎到手的諾貝爾獎也輸掉了。對付這樣的形勢和壓力，年輕學人究竟要怎麼辦？中國有句老話說得不錯：「君子自重。」

雖然說學界如商界，但是商業界奇兵突出的新事業也是層出不窮的，「中小型企業」仍然是新觀念和新技術的領先者，學術界更是如此，非常尊重新的突破，許多「突破」是發生在中小型的研究室裡。

人類累積的知識固然不少，但是比起偌大個宇宙的未知，我們眞正知道的事物大概不到千分之一，萬分之一，甚至於千萬分之一吧！知識的領域多麼浩渺廣濶！再多的科學家也無法塡滿知識的「可耕地」，今天許多人太關心於「爭」，爭研究費、爭領先、爭熱門、爭功名，其實爭的都是已經開發的領域，反而把許多「可耕地」荒蕪了，今天熱門的題目，十年二十年前不也是一兩位在「墾荒」嗎？美國科技界財力雄厚、人才濟濟，但是著名的「奇蹟小麥」不就是在墨西哥培養出來的嗎？近代科學的新發現、新理論，不少仍源起於歐洲的研究室，有些研究室相當小，仍然保持著十九世紀「藝術家」的遺風，捕捉那「靈光一閃」的創意，做爲科學界的先知。

我覺得這位研究生看法對了一半，恐怕是因爲他成長在美國的環境裡，習慣了美式作風，反而把世界的另一半忽略了！

——《時報周刊》一九八三年五月

談科學家的風格

今年（一九八四）的諾貝爾生物醫學獎，頒給了一位了不起的美國遺傳學者芭芭拉・麥克琳桃女士（Barbara McClintock），早在四十年前，根據她研究玉米的結果，提出遺傳基因的移動性（transposability），當時沒有人敢相信，一方面因爲沒有第二人在做同樣的研究來支持她的論點；再一方面她的想法太「前瞻」，到一九五一年她發表全套學說時，世界上能了解她工作的，據說「不出五人」。最近分子生物學的快速發展，終於殊途同歸，證實了她四十年前的論點，今年她是八十二歲。

由於她多年來「孤軍深入」，這次生物獎決定由她專美，不讓任何人分享她的榮譽。我說「孤軍」，是名符其實的孤軍，她一個人住在冷泉港實驗室（Cold Spring Harbor Laboratory），四十年沒有研究助手，也沒有私人祕書，因爲她不在家裡裝電話，連她自己得獎的消息，還是從收音機裡聽到的，她也很少發表論著，她的研究結果僅出現於卡內基學院（Carnegie Institute）的年度報告裡，這樣一位「不落俗套」的女士得獎，可說是今日科技學界的一道清風，一記暮鼓晨鐘。

近三十年來，世界科技突飛猛進，吸引了大量人才的參與，人一多，政治行爲就變得顯要，人是社會性的動物，科學家也不例外，十九世紀末到二十世紀初的科學家典型，逐漸被新的政治型或企業型的科學家所取代。在美國的科技界特別明顯，大牌高手，掌握巨型計畫，上結權要，下養才人志士，每年發表論文成打，成爲各方注目的明星，每年盼望諾貝爾獎，好像是影藝學院的奧斯卡。今年麥克琳桃女士的特立獨行，實在難得！

談起科學家的風格，近三十年來有兩種類型，可說是兩條路線。

一種是保留古風的出世典型，研究室的規模很小，研究題目鮮爲外人了解，講求的是「眞知灼見」，做的是「開鑰啓鎖」的功夫，因爲見人所不能見，爲人所不爲，他（她）們是寂寞而寧靜的一群，也不出現於大會議、大場面，性格上很近似一位不完全被接受的藝術家，確實，他們的研究也像稀有的藝術，是捕捉那內心的靈感，不受囿於現有的理論，在大家不能接納之前，毋寧說他們的研究相當「主觀」而「固執」，因爲他們具有這種藝術家的品質，我稱他們爲「藝術科學家」（artist scientist）。

另一類呢？他們已經有了綽號「operator」，中文暫且稱之爲「企管科學家」，因爲他們不但是科學家出身，同時是理財能手，管理專家，政治天才；他們有銳利的眼光，不僅看得到「財路」，也能看到科技的「出路」；他們懂得推銷自己的本事，也聰明地將新科技推廣到工商業享用；他們是學界的豪客，研究計劃以百萬元爲單位，手下謀士無數，並有相當規模的管理與組織。記得從前在康大念書，有位化學家手下博士研究員二十，再加研究生二十；休士頓有位細胞學家，整個學系百來人，全由他支配，稱得上「有錢有勢」；近年來更有甚者，不但做大牌教授，校外還開辦公司，有的小做，有的大幹，已經成美國學界前所未有的「困擾」(controversy)，美國學術界與工商業向來是「親密戰友」，這也是他們科技領先的原因之一，但是往往是「涇渭不分」的。

這半年筆者來英國訪問研究，發現科學家在歐洲古風猶存，實驗室比較不緊張，也可說寧靜；人際少競爭，比較和諧；設備與規模比較「窮」，但是並不影響到他們研究的「深度」；而最令我驚異的是，他們對學術「純度」的堅持！

我工作的微生物系，有位教授一向有很大的研究計劃，此系國際知名，他的功勞不小，志得意滿之餘，在校外開辦了公司，自任總經理，「腳踏兩條船」，正是美式企管科學家的極致，豈知學校當局裁決明快：「生意與教學不得兩全。」終於決定暫離教職兩年，他對於學校不記多年汗馬功勞頗爲黯然，並且一再引用美國學術界爲例，抱怨英國學術界之保守。

這位教授不是外人，正是筆者來此合作研究的伙伴，除了安慰他之外，我也沒有一個好答案！

——《時報周刊》一九八三年十月

牛頓來訪

好不容易把這位學生打發了，年輕人不知天高地厚，滿腦子的幻想，走進我的辦公室，一坐下來便是一個鐘頭，雖然對他的亂蓋有些不耐，但也不得不忍著性子，眼球對眼球地看著聽著，表示我做教授的關心與耐性。

送走了這位少爺，自己倒了一杯咖啡，準備坐定再繼續寫我的研究計劃。

驀地裡眼前一陣光暈，原來老朋友牛頓大師又駕臨了。

這老小子眞會選時間，我要提出的研究計劃下星期截止，目前正手忙腳亂，一會兒翻書，一會兒查報告，想一段，寫一段，全副精神貫注其中，把十五年的功力，凝聚成爲十五頁的「智慧結晶」，這不是一樁容易的事，偶爾我也頗自得自己的「慧眼獨具」，或是「別出心裁」，總想提出一點別人沒有做過的玩意兒來研究研究。不過現實歸於現實，我提出計劃的「命中率」也不過是百分之五十，當收到那封「……貴計劃相當不錯，但是現在財源有限，所以……」的抱歉信，那結晶的智慧也跟著溶解了！

「一切都好嗎？」大師發問。

「到明年之前還混得下去，」我指著桌上一大堆文件：「明年之後，就看這計劃成不成了。」

「又在寫計劃？」牛頓有點不解：「我問你好不好？和寫那檔子事有什麼牽扯？」

「對不起，對不起，」我有點不好意思：「最近腦門子裡盤旋的就是這件事，所以不論任何事都朝這上面聯想了。」這兩、三星期連老婆都幫我緊張，家事也不叫我去做了。

「唉！時代不同了，從前我做研究，破銅爛鐵都可利用，自己設計儀器，自顧自地玄想。現在，我覺得你們像在做生意。」

「說的正是，」我更不好意思了：「現在不但自已要深思，還要說服別人來支持，如此這般研究費才會進門，眞是一種出賣智慧的生意。」

「你知道，很多事情是靠靈感，」大師大概又回味起「蘋果落地」的靈感了：「靈感是不可言傳的。」

「可不是嗎？」他擊中了我的要害：「就像藝術家一樣，好畫不一定賣錢，賣錢的不一定是好畫。」

「你意思是說，你的研究計劃不一定是最好的？」

「哈，哈，」我有意掩飾地笑著：「盡力而爲罷，有時拿不到錢便如此自我安慰了。」

「你上次的問題解決了沒有？」他轉過話題。

「什麼問題？」我茫茫然。

「地球磁場對生物的影響啊！」大師提醒了我：「我回去之後苦思良久，但是毫無進展，你有結果告訴我嗎？」

「你若不提我倒忘了，」又一次擊中我的要害：「我也沒有時間想下去。」

「我在想，每個細胞可能都有一個小磁場，而且可能同外界大磁場有相互作用，問題是如何設計實驗證明？細菌是獨立的小細胞，也許可先用來做模式，但是如何來測量細菌的磁場呢？ＮＭＲ（核磁共振）也許用得上吧？可是細菌不只是一隻，而是群落，說不定要用統計力學來計算？」他一口氣自問自答連串的問題，我一時接不上嘴，倒使我想起先前在這裡的那位學生。

「你有什麼想法？」他追問了我一句。

「這個問題是有意思，但是我不能放下我要趕的研究計劃。」

「何不提這項研究做計劃呢？不是一舉兩得嗎？」

「唉！」我不得不把他拉回現實：「這種研究是拿不到錢的！」

「哦」，他不解地應著，又接著問：「你解出了那細菌追逐化學物的游動公式嗎？」

這是我們上次談的另一問題，因爲這個問題已有著落，我便振作地回答他：「差不多了！」

「什麼是差不多？究竟解了沒有？」

「我大致算了一下，應該沒有問題。」

「後來呢？」

「我已經交給我的研究生去做，他還有許多數據，要用電腦去解，再一兩星期就有結果。」

「我很想看看結果，你這怎麼不急呢？你這不是把解題的樂趣也移交了嗎？」

「我……」本想說「要趕研究計劃」，但突然覺得說不出口，太太已經在爲我緊張，難道還要牛頓大師也來爲我操心嗎？

我倆又談了一陣子，他看我神不守舍的樣子，便起身告辭。

「你去忙吧！下次再來談學問，你大概什麼時候忙完這件事？」

「下星期寄出去，不過……下個月還要再寫一個，一年之內總要送出兩、三個計劃，有一個拿到錢便可安心工作了。」

「這計劃裡有你的個人收入嗎？」他好奇地問道。

「全數爲研究費用，不進私人荷包。」

「何苦來哉？何苦來哉？」他搖著頭走了。

——《時報周刊》一九八四年三月

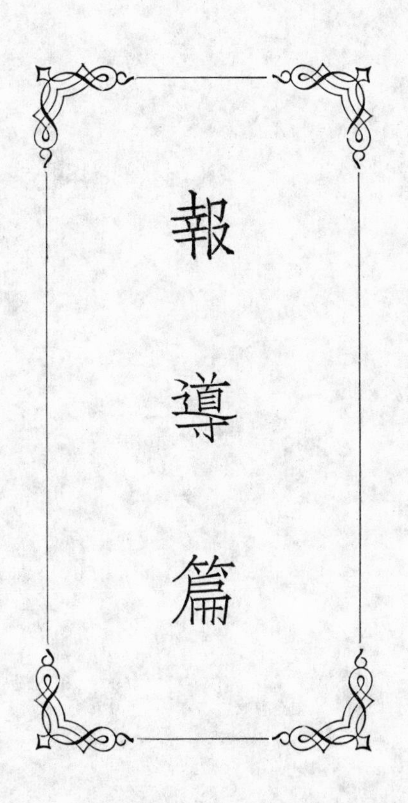

報導篇

分子生物學家在忙什麼

汽車的發明造就了美國的三大汽車公司，電話的發明發達了美國電話電訊公司（AT&T）及其貝爾（Bell）系統，到了電腦的發明，成就了今日大名鼎鼎的國際商業機械公司（IBM）。依此類推，今天的科學界在忙什麼？十年之後又會造就什麼新工業？

在未來的十年至二十年，有四家公司值得注意，我們不妨拭目以待，一個在瑞士，三個在美國，它們的大名是Biogen, Genetech, Cetus, 和 Genex。四個公司都在做同樣的事——遺傳工程，公司卻很小，四個公司總值半年前不過兩、三億，但是現在已經超過五億。一月間，Biogen 召開了一個記者招待會，宣布可以由生物方法製造「干擾素（interferon）」，公司的身價頓時便由五千萬跳到一億，但是它們在瑞士日內瓦的公司，佔地不到兩畝，科學人員不過十六位。英國倫敦的《經濟人》（*Economist*）雜誌做此預測：「生物技術（biotechnology）將是二十世紀末葉工業界之最大希望之一。」

上述四家公司都有高強的分子生物學家助陣，他們主持研究，指導工作，擁有專利。這些專家都是在歐美發展基因技術的先鋒，他們在公司的「股權」使許多人羨慕，由於公司身價上升，一夜之間成爲百萬富豪，他們既精於科學，也懂生意經，邊發表研究結果，一邊宣布「股市」上升，他們看得清楚，目前雖然公司只是紙面價格，又無生產線，儘量提高身價是在防止大資本家的買進與控制。

一方面在學校做教授，一方面又在外界搞生意，這些學人不免遭受物議：是否還能保持學術上的公正客觀？當有疑難與衝突時，他們立場如何？但是，因爲學術界和企業界都不願意失去他們，於是左右逢源。Biogen 的科學顧問主席葛伯（Walter Gilbert）便是哈佛大學教授，他的看法是：

「工業界非要我們不可，我們希望這次由學者來領導工業的發展，也算一種新的嘗試。短期之內難免有些尷尬，但五年之後，純科學與應用技術還是會分家的。」

總而言之，他是幹定了，也許五年後再把股權高價出手吧！當一位科學家看到自己多年研究的結果可以走上市場，怎麼會不心動呢？筆者有位朋友，最近也被一位銀行家「利誘」，他考慮了許久，最後還是放棄了，相信許多分子生物學家，現在大概不免要忙兩件事，一方面精研技術，一方面探探財路！

最後，究竟什麼是遺傳工程技術？要交代清楚細節大約要寫十頁論文，在此暫且長話短說。

近年來，分子生物學家研究出一種技術，他們可以把高等動物體內的遺傳基因，像化學分子一樣地分離出來，分出之後，又可以再接合到一個細菌體內，因此細菌在分裂生長時便可以產生這個基因的產物，例如胰島素（insulin）、生長控制素（somastatin），或是干擾素（interferon）等等，由於細菌繁殖得快，這種產物便可以大量生產，做爲人類的醫藥用。再簡單一點說，遺傳工程技術，就是基因移植的分合術。

——《時報周刊》一九八〇年六月二十日

十四年過去，生物技術在歐美蓬勃發展，美國公司已近千所，生技產品陸續上市，分子生物學家轉化科技為產業，功不可沒。

——一九九四年附記

漫談科學工業園區

新竹科學工業園區正式開放了，設立之目的在吸引高級精密科學工業的發展，附近有清華、交大、聯合工業研究所的學術支持，又有獎勵投資的優惠來引進資本，相信將來一定會有可觀的成績。

在美國也有許多類似的研究園區、工業園區，多數設立在著名大學的附近，與國內的工業加工區來比較，也許這種園區可稱之爲「學術加工區」，目的很單純，把校園的學術研究結果，應用到工業上去，是一種很有效的推廣工作；同時也把教授從象牙塔裡拖出來見見世面，爲工業界解解難題，是一種「高級」的建教合作，學術加工。

不過國外的科學園區，有成功的，也有失敗的，可見好的主意，不是一定就有好的結果，主事人的經營能力，適時地調整發展，必要時淘汰沒有前途的工業……都是成敗的關鍵。筆者想簡單地介紹美國目前最成功也是最大的園區——北卡州三角研究園（Research

Triangle Park, North Carolina）——做爲一面借鏡。

三角園區成立於一九五九年，但是早在四十年代，最初的構想卻是來自一位社會學教授。園區坐落在北卡州中部，正好在三個大學，北卡州大（N. C. State Univ.）、北卡大學（Univ. of N. C.）和杜克大學（Duke Univ.）三角之間，佔地很廣，現在園內大約有三十個研究所，屬於政府、工業界或非營利性組織，整個三角地區，已經成爲美國博士學位密度最高的城市。由於氣候適宜，地積寬廣，廠商與學人不斷地來到附近地區，最近決定的有遠自日本的味の素（Ajinomoto），和規模龐大的通用電氣（General Electric），後者將在三角園發展最新的微細電子工業（microelectronics），投資將達一億五千萬美元。三角園區的成功，大致有以下幾個因素：

第一是天時地利，由於能源缺乏，美國北方工業許多舉廠南遷，北卡州氣候適宜，地點適中，不算是「深入南荒」，而且幅員廣大，廠地與住宅區都容易發展，園區邊上的一座嘉麗小城，人口由十年前的三千增加到三萬，有人預測通用來了之後，會吸引許多衛星工業，北卡也許會發展成一個新的「小加州」。這種城市發展，希望新竹附近也有足夠的餘地和適當的計劃。

第二是三所大學的合作支持，首先聯合成立了三角研究所（Research Triangle Institute），杜克的醫學，北卡大的文理，北卡州大的農工，都有很高的學術水準，因爲與園內研究單位合作，聲譽更隆，以全地區來說，勝過任何其他的大學城。希望清華、交大也能打破行政上的限制，合作交流。

第三是平衡發展，園區內最近又成立國家人文中心（National Humanity Center），人文學科的發展也不偏廢，人文中心經常有世界著名的哲學家、經濟學家、社會學家、文學家的訪問與研究，不但提升地區內的文化水準與氣氛，也更增加了三角地區對學者的吸引力。

第四是發展方向的調整，當初園區設立，非常注重紡織與纖維化學，因爲北卡州原有很發達的紡織業，但是近十年紡織業一蹶不振，研究發展也就衰退下來，代之而起的是毒物學（toxicology），特別注意環境污染、工業衛生與引毒物質的研究，這種避免一成不變，隨時跟上時代需要的研究發展，是國內工業園區要注意到的地方。

目前新竹園區的發展重點在電子、材料、能源，這是配合附近大學與研究所的專長，但是筆者很希望，將來有近代生物學方面的參加，生物科學與環境、工業衛生、醫藥、農業的關係極深，同時也應準備迎接即將問世的生物技術與遺傳工程，可惜這是遠見不及之處。

——《時報周刊》一九八〇年八月

一九九三年十一月份的《財富》(*Fortune*)雜誌選舉北卡三角地區是全美國發展企業的最佳地點，三十年有成，值得慶賀，也值得仿傚。

——一九九四年附記

美國的地方大學

初抵美國求學，心目中熟悉的幾所學校不外是哈佛、康乃爾、史丹佛……等等，追究原因，大致是國際聲望使然。這少數幾所學校，出名的學者多，學術的水準高，研究工作走在第一線，美國的前二十名大學，大約囊括了聯邦研究經費的半數，好比是學術界的「奥林匹克村」，此中高手如雲，某些拔尖的人物，不僅是美國「國寶」（其中包括外籍與入籍人士），在國際間也是受尊敬的「文化選手」，筆者有幸，也在「世運村」中周旋過幾年，發現泛泛之輩也不在少數，不過幾位高手風範，念念不忘。

話說回來，如果以爲美國大學個個如此，甚至各個國家也來「見賢思齊」，傾力籌建一流學府，其謬遠矣！

近年來筆者執教於一所州立大學，不可否認的，學術上略遜「世運村」，第一、教授中少有國際聲望學者；第二、研究規模較小，問題不及世界性或全人類；第三、教學重於研究，大學部學生多於研究生；第四、研究偏重實用問題。初來此間頗有點不習慣，兩、三年後才觀察出一些心得，發現這一類學校，有其確定的功能與地位，對美國社會的貢獻，不但不小於一流學府，也許正因爲他們「草根」(grass-root)特色，是美國地方上農工業的眞正推動者，原來這類大學每州都有一、兩個，稱之爲Land-grant University，經由一八六二年國會立法，由州政府與聯邦政府捐地贈款而建，設立目的便是爲各州農工業服務，筆者因其特色試譯爲「地方大學」。

地方大學均爲州立，服務地方上的需要爲主，工作包括三方面：教學、研究、推廣。教學方式與一般大學無異，但是科系的設立，有時頗具地方色彩，譬如某州養雞業發達，便有家禽系之設立，培養專業人才。研究方面，從前設有試驗所(Experiment Station)，現更名爲研究服務(Research Service)，與大學結合在一起，所有研究計劃都需要有適當的理由才獲通過，因此研究方向自然而然指向實用問題。推廣方面更具特色，大學不但是教學與研究中心，也是地方上農工業的「顧問公司」，推廣教授有一半的工作時間花在旅途上，爲農民和工廠解決問題，與州政府工作人員打成一片，服務網遍全州。地方大學經費來自州政府和聯邦政府兩方面，特定的計劃要經過州政府和州議會的通過，府會的決定來自於農工業選民的需要與壓力，農工業則直接受惠於學校的服務與指導，三足鼎立，自成一種相輔相成的循環制度。

由於上述三角循環制的運行，地方大學的內容便與「世運村」大異其趣，前者重服務、重實用，後者重尖端、重競爭。前者經費大部分要州政府通過，府會又由選民產生，因此學校不得不與地方保持密切的關係，不至於過分的「象牙塔」，但也不免眼光短淺一點，切實爲重，創意較少，而後者個人主義色彩濃厚，教授憑本事直接向聯邦政府申請大筆研究費，有辦法的可以完全自外於學校行政系統，這些教授跑華盛頓的時間遠多於地方服務，某些地方大學也是一流學府，但因爲地方服務不周，與州政府及地方農工業關係惡劣，當州政府財政有問題時，便先向「象牙塔」下手，前幾年的紐約州，這兩年的加州，都發生這類不愉快的事。

分析不同的大學，各有不同的成立背景，另有教會支持大學和社區大學（Community College）之不同類型，因此發展方向不同，利弊互見，我想各有各的特色，發揮不同的社會功能，但是對於財力和人力有限的國家，在制定大學政策時，我建議參考美國地方大學制度，先要有深厚的農工業基礎，才能培養出學術上的「世運」選手。

——《時報周刊》一九七九年七月十日

近來國內也在考慮區分「研究大學」、「教學大學」以及「社區大學」，筆者認為是明智之舉，同時也不要疏忽了對社會經濟的服務。

——一九九四年附記

大學三館

如果有人問我，在美國前十年最「享受」的是什麼？我將不假思索地回答：「大學三館：系館、圖書館、體育館。」當然，其他可取之處很多，山野裡露營、海灘上散步、紅塵裡看熱鬧、迪斯耐樂園學兒戲……這些畢竟不是生活中的主要部分，可有可無，前述三館，才是留學的三大享受。

話說大學體育館，從手球到籃球，從器械運動到游泳池，設備應有盡有，都在一個大屋頂之內，四季開放，風雨無阻。最爲我激賞的是它的「方便」，每人有個加鎖的衣櫃，館內供應替換的運動衣褲、毛巾，進去之後便換上運動衣或游泳褲，忙上一身大汗，沖浴之後又還我本色，翩翩而去，因此，午間或公餘去打球洗澡是一大享受。

年前回國，被朋友帶去上澡堂子，也能異曲同工，如果池子大一點可以游泳，加些運動器材可以健身，豈不更美？不過，浴後有人服務擦背、捏腳丫子，我個人是無法也無福消受。

圖書館實在是一個大學的靈魂，是一個大學學術水準的重鎭，美國大學圖書館有幾項特色，第一是藏書豐富，幾乎無所不收，無所不藏，難得有找不到的書也可由外校爲你借來。當然，各校仍有特色收藏，記得我從前就讀的學校，中文藏書極豐，金庸的武俠小說，一套不少，一部古本《金瓶梅》，非常熱門。第二是眾所周知的開架書庫，一樓到十樓，層層疊疊的書、書、書，有時對進書庫有點畏懼，因爲一進去之後，常弄得不思茶飯，不知晝夜。第三是舒適，每層書庫有桌椅有沙發，大閱覽室更是沙發地毯，坐著讀、躺著讀，或闔眼入眠，或憑窗遠眺，眞正是與古人神遊。

說到系館，其實也就是自己的實驗室，內有各色「玩具」（儀器設備），這是每位研究生「臥薪嘗膽」的地方，四、五年下來沒有不注入深厚的情感！到了就業，實驗室也就是辦公室，更是安身立命的小天地，記得三年前走進現在的實驗室，空洞洞地只有兩張檯子，如今已經擠得琳瑯滿目，套句俗話：「不亦樂乎！」

實驗室所以迷人，因爲那兒充滿了人情小故事和歷史性的陳跡。譬如做實驗熬夜，各有各的神通，有人抱著鬧鐘睡實驗臺，有人擁著滅火毯去女厠所（內備躺椅）打盹。我有一次經驗，工作至凌晨四點，系館外圍滿警車，原來妻以爲我出了意外，召警前來搭救。最近有一則趣味故事，我的助手需要氣球充氮，一時到處找不到氣球，他靈機一動，去鄰近藥房買了個避孕套代用，效果不錯，但羞紅了另一位女助手的臉……眞有說不完的故事。記得我從前一間實驗室的樓下，是名生化學家桑先生（J. B. Sumner）的研究室，窗臺便是一九二六年第一次酵素結晶成功的地方，因爲早年沒有冰盒子，他只好利用窗外積雪來保持冷凍。這些故事，在名學府裡如數家珍，大概，今人與古人的靈感，就這樣串連著一脈相傳。

——《時報周刊》一九八〇年六月七日

搖油樹

「人類使用的能源由木材、煤，進步到石油，好比吸毒者從大麻煙、嗎啡，升級到海洛英，愈是開發的國家中毒愈深，現在已經到了積重難返。」

這是蓋文（Melvin Calvin）教授在一次演講的開場白，引得哄堂大笑。

蓋文教授已年近七十，仍然精幹健朗，在加州大學柏克萊做了四十多年教授，是當今世界數一數二的一級化學家。年輕時代，他是第一位化學家把具有放射性的碳十四應用到生物研究，利用碳十四追踪術，把植物如何利用陽光、二氧化碳、水分，製造出醣類及澱粉的過程研究出來，這個過程就是大家熟悉的「光合作用」，而這過程中碳素的循環反應，爲人尊稱之爲「蓋文循環」（Calvin Cycle），由於「蓋文循環」的成就，爲他贏得了一九六一年的諾貝爾化學獎。

蓋文教授雖然年紀一大把，人也沒閒著，近年來全力研究新能源，各地演講，推廣他所謂的「能源作物」(energy crop)，最近把日本人也講得心動了，在琉球也種上了這種「搖油樹」。

話說「搖油樹」，學名是Euphorbia lathyrus (中文待考)，長相像細葉仙人掌，生在沙漠地帶，同橡膠樹一樣，體內產有樹脂，樹脂可以提煉出類似石油的碳氫化合物，不但可做燃料，也可裂解，生產乙烯、丙烯之類的化學原料。如果有三萬英畝土地，種上「搖油樹」，每天大約可以收成乾重一千噸，其中提油八十噸，醣類兩百噸，醱酵後生產酒精一百噸，還有纖維素兩百噸。算來算去，佔地如此之廣，恐怕還是不經濟，但是蓋文教授很會「蓋」：

「我講的不是與農爭地，我的著眼點是美國西南部的沙漠帶，如果種滿一個亞尼桑那州，可供美國能源十分之一。」

十分之一還是太少，其餘十分之九怎麼辦？美國「石油中毒」已深，還得要更好的辦法。

「搖油樹」雖然新鮮，由作物取能源並不是新鮮事，我們食用的米、麥、玉米……都是我們生命的燃料，植物的光合作用，攝取日光能的效率，要比任何人類發明的設備都要高明，可惜我們還不會仿造，這也是近年科學家的熱門課題之一。

有人想到利用澱粉和醣類來醱酵製造酒精，酒精也是很好的燃料，產糖大國巴西，去年生產酒精四十億升，汽車也改造引擎來燃燒酒精，用不了的蔗糖來做酒精，也不失爲一個法子。美國也在動玉米的腦筋來生產酒精，最近熱門得很，許多原來躲在樹林裡偷造私酒的販子，也一個個鑽出來申請合法執照，要爲解決能源危機盡一分心力，技術上雖然沒有問題，但是用糧食來做燃料，還是得不償失，何況造出來的能源，說不定一半進了「人體內燃機」。

四周環海的臺灣也可以動動腦筋，譬如海底養殖海帶（昆布），這種「海底農場」，不用耕耘，不用施肥，海帶長得又大又快，除了小部分可供食用之外，大部分可用來醱酵，製造甲烷（沼氣）或酒精。

像蓋文一樣不停地「蓋」，總有人聽得進，「投石」不停地問路，「愚人千慮，必有一得」。

——《時報周刊》一九八〇年十一月

73・樹油搖

「投石」是作者早年筆名，「投石問路」雖已多年，開通的「道路」仍然有限，可見由思想而成事業是多麼的不容易，蓋文教授的「搖油樹」也是下落不明。

——一九九四年附記

大度山上

最近有機會重臨臺中大度山上的東海大學，經過臺北市熙熙攘攘人潮的衝擊，然後漫步在陽光與綠蔭交錯的東海校園裡，直覺得全身的細胞都跳出來享受這一份輕快。

中學時代在臺中念書，看著東海大學起建，三五好友跨上腳踏車，經常前去郊遊拜訪，那時候的大度山是「黃土高原」，有一次臺中一中長程行軍，大家走得土頭土臉。研究所畢業之後，因爲對臺中的懷念，到東海擔任了一陣子講師，山居寧靜，教學相長，自然而然地注入了相當深的情感。一別十年，校園的鳳凰與相思長得更高更密，附近的社區也發展起來了，「十年樹木」的成績是顯而易見的。

在「百年樹人」方面，東海的第一代已經成長起來，在國外常碰到有成就的校友，但是「樹人」畢竟難於「樹木」，東海的風格、成績及地位，還要看未來發展的計劃、師長的執著、校友的反哺、社會的支持，和政府的輔助。

拿發展來說，我很欣賞農牧場的開發及有關科系的設立。東海農場如果經營得好，不但產品如牛奶、雞蛋可以供應臺中市的需要，而且農場面積大而整齊，有希望成爲國內農學院最好的校園農場。如果產品嘉惠於臺中市民，我想臺中市政府理應支持，放開收回贈地的成見。

校友反哺與社會支持目前都還薄弱，一方面校友第一代甫及成家立業，對母校的幫助畢竟有限，再一方面私人捐贈也還不成風氣，有人出錢建大廟造大佛，但很少幫助學校發展。其中原因之一，可能是對學校行善，得不到適當的獎勵與名義，譬如，私人興學的人並不少，但是只願意成立在自己或家族的名下，不願去支持已成立的學校，其實這些財力集中起來，可以支持一個大規模的好學校。在這方面，不知校方可否考慮開放校舍建築物的命名，來表揚私人捐助？政府對捐款教育文化事業，有明令免稅獎勵，如果進一步開放校舍命名，給予捐助人榮譽，我想會受到歡迎。

談到師長的執著和政府的輔助，目前是高水準私校的致命傷。有理想、有抱負的年輕教授，很少在東海大學長期留任下去，原因很簡單：得不到政府應有的重視和支持，國科會對「私立」大學不給予研究補助的規定，不知是什麼「聰明人」的構想？缺點與惡果已顯而易見，公立大學的教授，得不到外來的競爭和考驗，平分研究費，私校只有擴大招生，收費斂財才能維持生存，如果私校是注定沒有機會去爭取他們的學術地位，也就難怪非走上「學店」一途不可，在這種情況之下，即使是美國哈佛大學，也早成「哈佛老店」了。從這一點來看，我對東海一批對教育擇善固執的教授，不得不表示敬意。

公私立大學，同等地爲國家培養人才，爲青年提供教育機會，國科會不是教育部，不應該只照應公立大學，其設立之目的在獎助學術發展，應該只問學術，不問公私學校，何況獎助經費來自納稅人，理應公平競爭，如果說，開放之後便擋不住「人情攻勢」，未免也太輕視了自己的責任和自己的能力，如果現有制度繼續下去，實在是扼殺了私校中有爲的教授，也否定了普及教育的精神。

——《時報周刊》一九八〇年十一月

「東海農場」早已成立，國科會對私校補助也早已開放，可見社會上有心人還是不少，寄望東海大學在學術上也力爭上游。

——一九九四年附記

迎接生物技術時代的來臨

在辦公室的信箱裡，最近常發現一批批新出版刊物，使我不得不佩服美國一些出版社的無孔不入，由於情報多，消息快，一讀之下不覺神往，接下去不僅是「洗腦」(brain-wash)，簡直是「沖腦」(brainstorm)，資料多得目不暇給，卻也欲罷不能。

這些新生刊物，有大有小，有的成册，有的不過幾頁，有的是免費贈閱，有的訂費高昂，順手拈來有《生物技術觀察》(*Biotechnology Newswatch*)、《生物工程新聞》(*Bioengineering News*)、《遺傳工程新聞報》(*Genetic Engineering News*)、《應用遺傳消息》(*Applied Genetics News*)……拿內容來說，登的不是純學術的報告，而是大大小小有關生物技術的消息，新的發現、新的技術、新的公司、新的人物等等，也可說是科技界的「蜚短流長」(gossip)，雖然有時讀起來疑信參半，但比嚴肅的學報易讀易懂，執筆人並非泛泛之輩，也是學有專長的科技作家(science writer)，讀者如果不是內行，這些文字是很好的入門，也可觀察出科技新潮流的端倪。

新潮流是什麼？

那便是生物技術時代的來臨！

從物理學發展出來的工程技術早有土木、電機、機械等等，從化學發展出來的也有化工、石化、材料等等，雖然與生物學有關的技術也早有農業及醫藥，但是它們主要是人類的經驗累積，不像其他工程技術，係由物理、化學的原理推演發展出來的。

近二十年來，生物學有了突飛猛進的發展，也就是分子生物學的崛起，由新發現和新理論，已進一步發展出新技術和新應用，開拓了一片全新的天地，十年之內，「生物技術」、「遺傳工程」這些名詞將不再新奇，就像電機、化工一樣地耳熟能詳，老生常談。

近代生物學最大的發現就是核酸DNA，DNA是遺傳基因的基本物質，由於生化學家與遺傳學家的共同努力，現在我們不但可以把DNA從細胞裡分離出來，也可以人工合成，同時還可以加以修剪，修剪之後的DNA可以再放進到第二種細胞裡面去，經過這種「移植」手術，第二種細胞便獲得特別的新的生理機能，這生理機能或是增加其本身的優異性，譬如對於疾病的抵抗力，或者是生出一種新的生理產物，譬如把胰島素的基因放在細菌體內，細菌便可大量製造胰島素爲人類所利用。

生物技術原不限於遺傳技術，還包括了醱酵工業、酵素技術、組織培養等等，但是因爲這種新技術的參加，大大增加了各方面的發展潛力，利用基因分合，可以造就出一種「超菌」促進或加速醱酵作用；利用基因移植，某種有效的酵素可以大量生產；修剪以後的DNA進入組織培養，可以培養出新的細胞、新種植物，甚至新種動物；如果運用得當，醫學方面也考慮利用這種新技術來治療遺傳性疾病。

有人說：「電腦的發明是人類的第三次工業革命。」（註）我的感覺是：「生物技術的發展，是即將來臨的第四次工業革命。」

——《時報周刊》一九八一年十一月

註：第一次工業革命是機械發明，第二次是機械自動化。

生物技術能爲我們做什麼

最近有一批新型公司，在歐美像雨後春筍，紛紛穿土而出，而且許多具有聲望的大公司，也向相同的方向擠進，大家看準了一個新的契機：生物技術，包括了新發展的遺傳工程。

第一波的生物技術公司有 Biogen, Cetus, Genex, Genetech，它們當初的重點在醫藥方面的應用，譬如製造干擾素、胰島素等等。不到五年，第二波又起，這一波來得洶湧，包括了許多著名的大公司：DuPont, Monsanto, Upjohn, Shell…… 發展又指向一個新方向：農業。

醫藥同農業，傳統上便是生物學的應用，近代生物學的進展，自然而然帶著農業與醫學進入了新境界。

由於遺傳工程的介入，微生物醱酵工業潛力大增，目前醱酵生產的胺基酸、維他命、抗生素，將來種類更多，也更便宜，不但用在人類保健，農業上將大量用於畜牧、家禽。利用微生物製造荷爾蒙（如胰島素）、酵素、干擾素等，會使成本大減，疾病的控制將更方便、更有效。醫學上束手無策的遺傳性疾病，目前只能利用藥物控制，沒有辦法徹底治療，但是利用遺傳技術，可以把人體基因移植，將來先天性疾病可以由置換基因得以痊癒。

在農業上，遺傳工程最具潛力的兩項運用是植物育種和動物育種，植物育種早已利用組織培養，從細胞發展成植物株體，利用基因DNA的分合術，可以把優越的基因移植到細胞裡面去，而後發展成新種植物。目前最熱門的一項題目，便是把微生物的固氮基因注入糧作物，如果糧作物自己可以固氮（把空氣中的氮氣變成氨肥），農田便不再需要施肥。在動物育種方面，也有人在嘗試胚胎分生、無性繁殖、基因移植等等技術，如果這些都能成功，傳統的農業將大大的改觀。現代農業正在急速地蛻變，一步步走向高度科技化，生物技術的運用便是其中的主流。

除了醫藥和農業之外，生物技術在能源方面也會有很大的貢獻，生物能（bioenergy）、生質能（biomass），已經是半舊不新的名詞了。

在能源方面，利用微生物及遺傳技巧，我們可以分解地球上最豐富的纖維素，製造出酒精做液體燃料，也可製造甲烷（沼氣）做氣體燃料。利用動物肥（排泄物）生產沼氣，在亞國家早已廣泛利用，既可產生能源，又可清潔環境，如果進一步利用遺傳技術，沼氣生產以更多更快。

在節約能源方面，酵素技術也是重要一環，因爲酵素可以在常溫下促進化學反應，比起化學工程上的高溫、高壓等等條件，這種低溫反應所節省的能源是難以計量的！

生物技術是一個新的方向，一種新的方法，雖然不是萬能，但是，針對人類眼前的三大難題：糧食、疾病、能源，它很可能貢獻出一些新的題解。

——《時報周刊》一九八一年九月

如何迎上前去

連續談了兩次生物技術時代的來臨，第一次談生物技術內容，第二次談生物技術應用，到這裡免不了想到：應該如何迎接這一次「新工業革命」的來臨？

最近讀報，得悉經濟部已列四項技術密集工業，爲國內優先發展對象，包括電子資訊、機械、汽車、造船四類工業，政府將提供獎勵投資，推動研究，並協助國外技術合作等等服務，這裡面沒有列上新起步的生物技術是可以理解的，但是，我們也可以看出，任何技術工業的發展，政府的推動、獎勵與協助是不可否認的原動力。

以上提到的電子、機械、汽車、造船，都是外國已經發展的工業，我們看到了有利的遠景而參加競爭，相信計劃妥善，上下努力，當可迎頭趕上。不過，不妨膽子大一點也想想其他的路子。

生物技術，歐美也還在起步的階段，如果我們參加早期競爭，不但大家歷史短，彼此不相上下，而且投資小，可能事半功倍，拿人才來說，臺灣在生物、化學、化工的領域裡已儲備不少的學士、碩士、博士高級人才，只要組織起來，便可「參戰」，如果組織得好，選定重點，投下五年到十年的努力，不難達到一些特殊的成就，因爲生物技術的運用非常之廣，短期之內決不可能爲歐美先進「全盤通吃」，我們起步早一點，將來便有我們一定的地位和地盤，假如錯失良機，以後再要擠進去，就得準備高昂的「學費」了！

對於一種全新的科技，政府究竟可以做些什麼呢？最近一期的《生化趨向》(*Trends in Biochemical Sciences*) 的首篇〈生物技術：爲什麼政府應該參與？〉爲這個問題提供了一些答案，歸納起來，政府可做的事有下列幾項：

第一，政策——釐定全國性的發展計劃，選擇重點發展，排定先後次序。

第二，協調——這件事非常要緊，生物技術在學術上涵蓋了化學、化工、生化、植物、動物、微生物、遺傳，在應用上有農業、醫藥、醱酵工業、廢物處理、能源……等等，政府必須成立一個研究發展中心，協調各方面的合作支援，切忌惡性競爭與浪費。

第三，教育——推動新課程，獎勵新教材，引進人才技術，辦理長短期訓練班，舉辦定期的世界性研究會，邀請世界第一流學者訪問指導。

第四，資料——蒐集最先進的學術報告和第一手情報，出版中文消息及資料，提供國內學術界、工商業界技術顧問。

最後，筆者舉一實例，做爲三篇連續短文的結束。

一年前，筆者曾參觀過國內豬肥沼氣醱酵的工作，印象相當深刻，國內發明的紅泥塑膠沼氣袋，獨步全球，是很成功的生物技術，但是，發展不能慢下來，應該趕快引進遺傳技術的參與，加速微生物及生物化學方面的基礎研究，如果累積深厚的知識，自然贏得外人的尊重，繼之便可在工商業上佔有一席之地。

工商業上，我們一向習慣於跟進，這一次，膽子不妨放大一點，試試做一名先知罷！

——《時報周刊》一九八二年元月三日

一九八四年國內創辦了「生物技術開發中心」，今年適逢十周年，該中心硬體設備非常完善，如能配合國內產業，共同合作開發，不難發展出具有特色的技術和產品。

——一九九四年附記

欣聞國科會改進研究補助辦法

美國出版的《高等教育時報》(*The Chronicle of Higher Education*),有一期論及對教授的獎勵,一位著名大學校長爲文指出:

「一位出色的教授,不僅抵得上兩、三位教授,他的價值超過了二、三十位平庸的教授。他的成績可以吸引優異的大學生和研究生,由於他的存在,足以引進優秀的年輕學者,他的名譽可提高學府的學術地位,更實際來說,他所贏得的研究計劃與合同,對學校的財政及設備也大有幫助。對於這種教授,學校行政當局應該給予相當高的待遇與榮譽。」

「健全的獎勵制度,是大學行政最重要的工作。」

從前筆者覺得,大學裡的教授待遇,似乎不應該有太大的差別,否則不免影響到低待遇的「士氣」。但經過多年的實際經驗與觀察,發覺到差別待遇才是眞正的鼓勵。我曾親見美國某大學的二流科系,用講座高薪請一位成名教授做系主任,同時由他聘用五、六位教授缺，因爲他的名氣，頓時網羅了一批好手，每位分別帶進來大批的研究費，不出五年，該科系便躍升全美國前十名。在年輕學人方面，這種獎勵更重要，一位助教授（Assistant professor），如果表現出色，可以在兩、三年內升等，大幅度加薪，這些獎勵使他更努力，也使他的同儕更努力，所謂「見賢思齊」，在許多著名的學府裡，初級的助教授的待遇都壓得很低，但是升到副教授（Associate professor）及正教授（Full professor），薪水便增加很多，這些學校，士氣不但不差，反而充滿活力，反觀之，愈是待遇「平均」的學校，活力也愈差，由此可見獎勵制度對人事的重要。

行使有年的國科會研究補助的辦法，將有所改變，這是一個好消息。多年以來，早有批評這種「均分式」的生活補助不當，但是誰也不願少了這份收入，因此制度很難改變，傳聞有許多敷衍塞責的研究計劃，年前鬧出翻譯充研究的笑話。最近國科會改組，並主動決定改進研究補助辦法，化補助爲獎助。

國內教授的待遇，一時不可能做大幅度的調整，但不妨把研究獎助做重點的獎勵，得到獎助的名額少一點，譬如不超過教授總額的百分之五，由於名額少，不但可增加獎助金額，也增加了獎助本身的榮譽。獎助金大部分用於研究，如設備、人員等等，一部分保留給主事者的研究加給。當然，名額一少，不免競爭激烈，這點特別寄望國科會多有擔當，只有公正嚴明的選拔，才能提升國內的科學水準，如果獎助辦法能做到像大專聯合招生一樣的嚴明，相信國內研究風氣必然跟著旋轉，可能比召開十個國際學術會議還有效果。

關於研究計劃的審核選拔，恐怕是國科會最爲難的事，筆者投石問路，出個點子，何不邀請每年暑期的國建會成員出點力氣？國家花了許多經費，請了國內外專家學者參加一年一度的盛會，除了建言、參觀、旅行之外，不妨也爲國家做一點實際的工作。每年五月，國科會先把研究計劃分寄內行專家，請他們先行審閱，到國建會之前後，參加評審的專家，抽出兩天來開會討論（非公開），站在學術立場爲每份申請計劃評分，結果提交國科會，國科會根據評分高低選定獎助，評分不相上下者，可根據科技政策選取。不論當選或落選，應將審查的評語案交申請人，這些評語，對研究工作本身有批評討論的功用，也可以做爲計劃改進的參考。

國科會任重道遠，筆者心長，不免語重，想起前述大學校長言「健全的獎勵制度，是大學行政最重要的工作。」能不愼乎？

——《時報周刊》一九八二年八月

「傑出獎助」、「國外評審」，在國科會已行之有年，可喜。

——一九九四年附記

都是膽固醇惹的禍

一年多前在「實驗台畔」短文〈眞理難求〉，提到科學家對膽固醇的眾說紛紜，有人認爲它是動脈硬化、心臟病、腦中風的元兇，也有人不以爲然，兩派學者在過去二十多年此起彼落，難分上下，端看不同的研究報告出現而定，到頭來是「盡信書，不若無書」，或者說，「盡信報告，不若無報告」了！

今年年初，美國「國家心肺血研究所」（很彆扭的譯名，原名是 National Heart, Lung, and Blood Institute）來勢洶洶，發表了一份包括三千八百零六位病人，經過十年研究的結果，結論是：「降低血膽固醇可減低心臟病。」他們利用一種藥物叫做 Cholestyramine，降低病人體內的膽固醇，統計結果顯示，如果降低血膽固醇百分之八點五，便減少心臟病百分之十九。因爲計劃龐大，斥資雄厚，參與人數眾多，包括大批的醫師、實驗員和病人，這項結果引起廣泛的注意，報紙雜誌與廣播電視，都以顯著的地位爭相登載或討論，成爲今年醫學界的熱門話題。

問題是不是解決了呢？很可惜，在美國常做一些花費極大的研究，但是仍然在外圍打轉，不及問題之核心。

在統計學上，心臟血管病與膽固醇相關已是不爭之事實，這次也不過是再證實一次而已，但是統計歸統計，始終不是「對症下藥」的叫人放心。譬如某人患肺結核，利用抗生素殺了結核菌，藥到病除，但是在心臟病患者，有不少血膽固醇並不高；有人健康長壽，而膽固醇偏高。很顯然膽固醇不是主因，而是相關。好有一比，關節風濕患者，遇到陰雨天氣便多疼痛，也是直接相關，但「陰雨」並不是「病因」，最重要的是要找出病因！

花了幾百萬美元的研究，照理說應當是非常周密，但是這次仍有漏洞，令人惋惜。將近四千的研究病人，初選者都是血膽固醇偏高的「非正常」人士，把這些病人的膽固醇，從二百六十五降到二百二十（毫克／百毫升）當然是件有益的事，就此將結論推廣到一般人士是值得斟酌的。使用藥物降低了病人的膽固醇，是證明藥物有效，是不是正常人都要用藥來控制呢？如果一個人又愛海鮮又吃雞蛋，血膽固醇並不升高，他有什麼值得擔心呢？這樣一項「貴重」的研究，對他們有什麼意義呢？如果因爲這項研究結果便勸大家少喝牛奶少吃雞蛋，那是「越級結論」(jump to the conclusion)，飲食有節制是正確的，營養豐富的食物也要正常攝取，某些美國人用牛奶如飲水，是過分而不當，如果正常健康的人，要「東施效顰」而放棄價廉物美的牛奶雞蛋也屬不智。

記得有一年在飛機上遇到一位美國舉重選手，身材壯碩，他告訴我一天要吃十個到二十個雞蛋，是一個經濟的蛋白質來源，以便發達肌肉，我問他怕不怕膽固醇？他說他的血膽固醇一直正常。一位健康正常的人，體內會自然調節，要想從食物來提高血膽固醇含量，也並不容易呢！

經過今年年初的「膽固醇震盪」，在民間不免發生一些影響，多注意飲食的節制是好的。不過，對於科學工作者，最大的課題尚未解決，「膽固醇」與「元兇」之間還有一大段距離。最近在動脈硬化研究方面，又有了重要的新發現，那就是濾過性病毒（virus）也插上了一腳，而且很可能是很重要的一腳！

康乃爾大學獸醫學院利用雞來做實驗動物，發現雞在感染麥氏疱疹病毒（Marek's Disease Herpesvirus，簡稱ＭＤＶ）之後，會引起動脈硬化，而且這些動物的血脂肪與膽固醇均屬正常，進一步使用ＭＤＶ疫苗，便可防止這些雞的血管硬化。去年下旬，另有兩篇醫學報告發表，一篇是疱疹病毒的抗原，發現於人類的動脈硬化部分，另一篇是疱疹病毒的核酸ＤＮＡ，存在於人類動脈硬化的組織細胞裡。這兩項發現接近於雞動物實驗結果，很值得進一步追究，如果病毒與人類動脈硬化的因果關係得以建立，將來心臟血管病的治療與防止，將又是全新的一頁，而且膽固醇的影響便要退居第二線。

雖然我們常常喜歡用「突飛猛進」來形容科學的進展，其實身在其中的工作者，卻感到是「眞理難求」，一個簡單的理論，也要經過十幾二十年的摸索，一個新的發現，又掀起了一場「全新的球賽」(a whole new ball game)。

——《時報周刊》一九八四年四月

花落誰家

二十多年前，美國北卡州一位社會學家有個夢想，要在六千多英畝一片貧瘠的土地上，建立一個大型的科學研究園區，利用鄰近的三所大學的智慧財富，來吸引世界第一流的研究所，第一流的頭腦，來這裡共同鑽研，共同發明。科技的研究與開發，本身就是一種工商業，大量地起用科學家好比高級技工，也創造了大量高水準的就業機會，研究的結果與發明，可以推銷給工業界，也可以吸引企業家來附近創業，同時助長了地區的經濟發展。

這個夢想在創建之初，全園區只有兩位工作人員，一位總裁，一位祕書，不到三十年，現在發展成爲世界聞名的三角研究園 (Research Triangle Park)，內有四十座研究所，分屬工業界、政府，或大學的研究部，從業人員已超過三萬，是一座名副其實的科學城。

北卡州的名望也隨著提升，由三十年前的農業州，躍升爲著名的科技州，爲美國其他各州所稱羨，包括洛麗、杜蘭、教堂山三個城市的三角地區，已獲得全國博士人口密度最高的美譽。世界各大工業紛紛在此設立研究所，並在附近地區建立了生產線，帶來全州的就業機會和經濟繁榮，稱三角研究園是北卡州之瑰寶，實不爲過。

更令人驚喜的新聞發生了，今年十月間發表了諾貝爾獎，其中出現醫學獎有兩位得主落在三角園，這是二十多年前（才二十多年而已！）闢土開荒時萬萬想像不到的豐收。

二位獎主是喬治・希金斯（George H. Hichings）和捷楚・伊良（Gertrude B. Elion），任職於三角園內名藥廠拜魯惠康（Burroughs Wellcome Co.）研究所，二位雖已高齡退休，仍擔任指導工作，希金斯做過該公司的副總裁，原哈佛大學博士，伊良女士並沒有正式的博士學位，兩人合作研究四十年，成果豐碩，治療疱疹的 Acyclovir，愛滋病的AZT都是他們成績的一部分。

他們在醫藥方面的成就，並不在發明了幾種有效的新藥物而已，而是開創了發明藥物的新途徑，他們先從基礎研究確定病原的生理生化，再製造有效的化學物來克制病原的生化反應與生長，這種經由生化機制來找出合理的化學治療，與從前藥物學的誤打誤撞法（try and err）大異其趣。

不論怎麼說，今天這兩朵奇葩落在北卡州，是值得大書。

當年初創三角園，絕沒有想到要培養兩位一級選手，去爭奪諾貝爾獎，著眼點不過在地區的經濟發展，二十年的耕耘，終於創造出優越的環境和條件，這些條件吸引了高級研究所來此設立，人才也隨著選擇這裡安居下來，也許希金斯和伊良只是個開始，還有更多出色的人才一一出現，在附近的北卡州大、北卡大學、杜克大學，都有不少久享盛名的教授，有些人已多次被提名過諾貝爾獎。

人才如栽花，來源不外兩類，一是移植，二是培養，但是基本道理只有一個：水土條件一定要好。條件不夠，強植無益；條件好，即使短期間移植不來，長時間自己的土裡也會冒出奇花異卉。

求人才與養人才是一種綜合性的努力，政治、經濟、學術、生活環境各方面都要配合，中國大陸的成語叫做「配套」，不配套的單項努力，其成績局限，難出大才。至於如何選才？其實也不難，無「私」自通！

北卡州這次得了大獎，本地學術界人士都很興奮，多數人與二位獎主均相識或相知，當然有與有榮焉的高興。同行的更是振奮，似乎證明了一件事實：只要工作出色，終為天下所知，並不一定要在頂尖的學府。還有更深一層意義，我想這情況有點像當年臺灣的紅葉少年棒球隊，他們一舉打敗了世界冠軍的日本少年，接著風起雲湧，臺灣少棒進軍世界，一再得到世界冠軍。現在北卡州的科技同業也一定因此得到很大的鼓勵，也會受到社會更大的重視，很多研究室也一定急起直追，這種良性的刺激，很有建設性，也就是風氣，風氣之開需要那麼一點「一鳴驚人」。

發展科技好比育嬰，一要有搖籃，譬如三角地區的人文與自然環境；二要有娛姆，就是良好的行政管理；三得要奶水，不投下資本是不行的。具備以上三個條件，孩子肯定長得好，至於是不是驚人的天才？那是意外的收穫。

（寄自北卡）

——美國《世界日報》一九八八年十一月二十八日

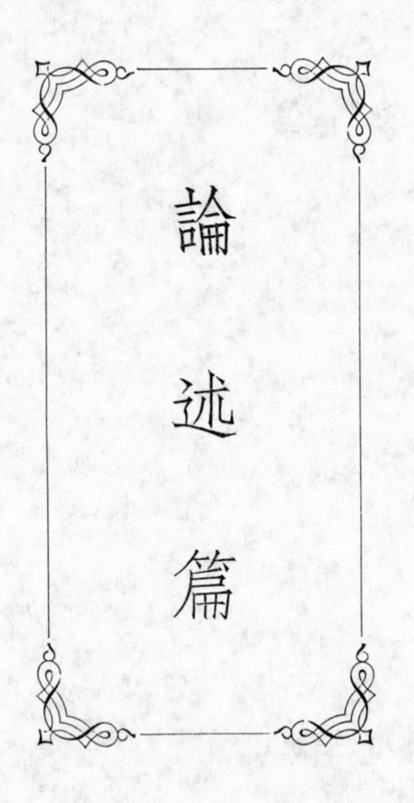

論述篇

如何贏得諾貝爾獎

大概是八、九年前吧，在美國電視上有個特別節目，叫做「如何贏得諾貝爾獎？」節目裡訪問了許多位科學方面的得獎人，記得他們歸納出幾項得獎的原則，大致如下：第一，工作辛苦；第二，師承名門；第三，文獻發表；第四，學府著名；第五，基礎研究；第六，長壽。

這些原則雖然是姑妄聽之，但也其來有自，不過從今年的得獎人名單來看，這些原則至少一半有了變化。

話說「工作辛苦」，我想不但是科學，任何行業一個人要想走在前頭，沒有不辛苦工作的，曾有人問過 H.A. Krebs（生化學家，一九五三年獎）：「究竟辛苦到什麼程度？」他說：「Work to illness.」正是中國人一句俗話：「鞠躬盡瘁。」今天的科學界競爭相當激烈，並不全然是興趣至上，自得其樂，尤其是有了重要的發現，進入了「決賽圈」，沒有不盡力衝刺，鞠躬盡瘁的，除了研究本位工作之外，其他如政治手腕、情報刺探等等，也要費很大的心機，科學家是人，人的本性還是在的。

「師承名門」以物理獎最顯著，但近年來即使物理獎也開始分散，此中最大的原因是科學從業日眾，不再是少數研究所把持，因此之故，「學府著名」一項也不盡然，工業界近來得獎人也為數不少，今年的 G. N. Hounsfield（醫學生理獎）在英國並不著名的公司服務，去年的 Peter Mitchell（化學獎）更是一人研究所，坐落在英國鄉間他私人的農莊上。

談起「文獻發表」，仍然是歐美科學人追求的目標，科學人數、報告篇數，就像生意人數鈔票一樣，雖不篇篇可觀，卻是多多益善，浪費筆墨事小，浪費的時間、精力、財力事大，傳說前兩年的一位得獎人，有過一年寫三篇同一題目的報告，第二篇修正第一篇，第三篇又修正第二篇，由於他的研究領先群倫，每篇都是原始資料，雜誌方面不登它們也是不行。這種搶先發表不成熟的結果，在科學界已屢見不鮮。不過近年來又有個新方法來衡量科學人的成績，不以文獻的數量為重，而以其他科學人引用次數取勝，愈重要的文獻博得的注意愈多，喜歡附會引用的人也愈多，美國便有專門統計引用紀錄的雜誌，叫做 *Citation Index*，據說許多諾貝爾得獎人，他們的「傑作」被引用的紀錄也是名列前茅，這種衡量成就的方法甚是有趣。

「基礎研究」從前是很重要的一項原則，實用方面的成就很少能上榜的，十幾年前筆者初抵美國，遇見的教授也好，研究生也好，均以鑽牛角尖的基礎研究爲尚，追求理論上的突破爲榮，越基本的科學，也越爲人尊重，諾貝爾選拔委員會也不例外。近年來，風氣突變，不論在政府政策、研究補助，或獎勵選拔，應用科學都有擡頭之勢，今年的諾貝爾獎更是一反往例了！醫學生理獎主 A. M. Cormack 和 G. N. Hounsfield 兩人發明 CAT Scanner（筆者試譯：電腦檢癌器），是徹頭徹尾的工程技術，但以醫療上的應用而獲獎，根據《新聞周刊》（*Newsweek*）上的報導，兩人都沒有博士學位，這也是少見先例，但是對於許多學位不高，但業有專精的研究人員來說，這是一種莫大的鼓勵。話說實用，今年經濟學得獎人 Sir Arthur Lewis 和 Theodore Schultz，是以調查分析第三世界經濟發展而著名，有人批評他們在經濟理論上並無建樹。不過選拔委員今年能夠破舊立新，樹立新方向，筆者認爲是一種非常可取的開放態度。

說到如何得獎的最後一項：「長壽」，這一點恐怕是牢不可破，因爲諾貝爾獎是從不追贈故人，一個人雖然有了很大的成就，最好做個「十全老人」，還能活得久一點來享受自己的榮譽。

——《時報周刊》一九八〇年三月二日

聯招重估

大專院校的聯合招生制度，是今天高等教育的一座重鎭，也是機會平等的標竿，大家一談到聯招的問題，首先想到的便是：「還有比這個更公平的辦法嗎？」

事實上，我們都知道天下的事沒有絕對的利弊，也沒有一面倒的得失，得到一些，往往也失去一些，中間隱藏著許多「代價」(trade off)。聯招可說是近二、三十年教育上最重大的政策之一，影響深遠。每年大約在初春，往往有一些新構想與新討論，但到了四月，新構想總是遭到「胎死腹中」的命運，「公平」的大旗和家長的「畏變」心理，往往把討論一再推回「比照原案辦理」。筆者從中學、大學到就業，耳聞目睹「討論」二十年，結果都是「不變應萬變」，今年初提起的「保送」制，也引起了一點興奮，結果也不免同樣的命運。

使我感觸良深的，倒不是聯招的存廢，而是社會上仍然缺少公開討論問題的態度，一開始便沒有充分開放的公開與討論，結果也不一定是公意的歸屬，主管首長在衡量「輿情」之後，一道行政命令便做了結束。雖然事情做了決定，我覺得還是值得繼續討論，大眾如果沒有清楚地看到各方面的利弊，實在是很可惜的事。如果這是一個成功的政策，我們還沒有學到不夠完美地方的補償與防範；如果這是一個失敗的政策，我們更沒有商量出可能改進的辦法。聯招的討論實在可以提供一個很好的範例，從方法上尋求政策的擬定與實行。我們一而再，再而三地「點到為止」，往往以「見仁見智」做了結語，可惜得很。

聯招最大的優點當然是公平，公平的考試，公平的機會，但是我們也付出相當的「代價」。

第一是對學校教育的影響鉅大。因為這是進大學的唯一窄門，社會上普遍重視聯考，已經有點「成者為王，敗者為寇」的味道，每個家庭、每所中學，甚至起自小學，無不全力以赴，莫說正常的平衡教育置之不理，甚至人格與健康也顧不到了，「參考書」、「課外班」、「大書包」的故事層出不窮，為了應付考試，已嚴重傷害到學生的創意。

第二是社會多元價值的式微。凡有考選，必有落榜，成者固可喜，敗者不取辱，世界原本廣闊，社會也多姿多彩，各種才能人士都被需要，都被容納。如果我們堅持辦理學業聯招，不妨也考慮才藝聯招、智能聯考，建立學業以外的標竿；才能出眾的，不妨也給與大學教育機會，不要限於專業教育，大學教育的眞正目的，不外在培養社會中級以上的領導人物，各行各業的領導人物，如果選拔只看學業一項，似乎太偏頗了一點，何況學業成績也只看兩天的表現，三年的表現反倒被冷落了。

最近在電視上看到美國大學也在反對美國高中生的「聯考」，這是由私人的Educational Testing Service（國內熟悉的「托福」也是他們辦的）主辦的學業考試，稱之爲Scholastic Aptitude Test，簡稱SAT，爲了應付這種考試，美國各種參考書也是滿天飛。他們反對的理由是，SAT成績與進大學後表現以及畢業後成就，總體來說並不相干。即使大學仍然要求SAT成績參考，他們的審查入學，仍然以高中成績（有的還包括初三成績）爲主要根據，其他才藝與體育出色的，不但「保送」，還有四年獎學金，這大概是我們的高中生想像不到的吧！

——《時報周刊》一九八二年八月

國內聯招制度，近年已有大幅修改，今年甚至還有不再分學系之創議，筆者贊成這種勇於試探的態度，不可能完美，但可以改進。

——一九九四年附記

求才不易

海外華人「儲才」之豐，是世界任何國家少有而且獨特的「資源」，如果不加以開發利用，對國家來說是一種嚴重的疏忽，對海外高級知識分子來說，沒有找到恰到好處的安身之所（英文簡稱 niche），也是人生一種浪費。

「發展高科技，國家需才孔殷，政府派出龐大海外訪才團」。以訪才團聲勢之大，人數之多，訪地之廣，這次的消息與行動將在海外發生很大的號召力，也必有一定的影響。

目前美國就業率不高，政府見到大批的儲放海外人才，爲了配合國內的科技升級，這正是到美國「收本求利」的大好時機。從前的方式是「人求事」，海外學人要向國內找門路，這次作風一變，政府主動向外開發，公開招兵買馬，先不談技術問題，這種觀念的轉變，反被動爲主動，大規模地邀請，可說是國內政治家的大手筆。三國時代的劉備，就是這種見識與胸襟，才請到了才不世出的諸葛孔明，今天大型的「訪才團」，說不定也請到一批現代諸葛。

這次訪才的方式，因為聲勢浩大，先收宣傳之利，證明了國內對科技發展的積極誠意，並且人事開明，是非常有力的政治號召，海外學人有消息可循，選定時間地點，便可前往會晤面談。這種方式雖然不落俗套，但是當落實到技術層面，不免有些缺失，筆者也是科學同業，不免對於「求才」的眞實效果有些疑慮。

在美國科技人員求職，大致有一定習慣的方式，首先是專業雜誌上看廣告，或同行間的邀請信，這些「廣告」描述職位性質、資格，甚至還有薪級，便於申請人決定自己是否適宜，如果合適便寄出應徵信附學歷及經歷，雇方研究其履歷及其他介紹信之後，便初選二、三人面談，到最後選取一人定案。

表面上看這方法很簡單，但是要想甄選成功，必須具有幾個重要的條件。

第一就是隱私性，通常雇方一定為應徵人保密，尤其是「騎馬找馬」的優秀人才，取與不取都顧到他的面子；雇方出面雖然是單位主管，通常背後還有小組委員會，這些委員一般不為外人所知，避免「疏通」，而且他們更接近申請人之專業，判斷比較內行。

第二就是管道專業化，廣告登在專業雜誌與學報，應徵者都是同業，摒擋了許多無謂的申請，審查的是比較內行小組委員，通常從申請人的教育背景、出版文獻、工作經驗、專家介紹信等大致已判斷出高下，該淘汰的就淘汰，最後會談是看看來人的談吐風度。

第三是「擒賊先擒王」，不論學校或公司一定先找高級主管人才，不會上下一體統請，學校裡先請系主任，新系主任到任之後再由他去找教授，新機構先請主任，再由他找下屬，如此分層負責，日後工作容易協調管理。

第四是先建立共識互信，因爲主管與應徵人直接接觸，彼此都可考量觀察，雇主選雇員，雇員未嘗不選雇主，他們也觀察主管，看看其他同事間的印象，衡量工作環境，越是高手，他的選擇機會也越多，經過這種接觸和選擇的過程，彼此產生信心，日後才能合作愉快。

反過來看「訪才團」的問題可能出在那裡？

首先就是沒有隱私性，因爲場面堂皇，訪才與求職都站在第一線，曝光太多，諸葛亮在世也不會去湊這個熱鬧，如果落選豈不難堪？如果某人當選而又決定不回國，國家豈也不光彩？彼此都缺少彈性。其次是求才不在專業場合，條件又籠統，如此求才好比大海撈針，來的不要，要的不來，申請人也是無所適從，到那兒去找自己的 niche？以這次宣稱求才人數近千成百，顯然是職權不論大小，才學不論高低，有志者盍與乎來，回去之後主從關係如何適應呢？如果直接主管在臺灣不能謀面，問題更大，無從建立共識互信的關係，這是今天歸國學人與國內學人不能融洽的原因之一，因爲一開始便有隔閡。雖然說「訪才團」不過是個介紹人的地位，如果海外學人不能進一步了解工作，認識主管，接觸同事，而同時在美國又有大學或公司的聘約，我們如何能使他們捨近而求遠呢？筆者在國外多年，同國內來訪大員也接觸不少，談到歸國服務，他們都表示熱烈歡迎，但是他們既不是將來的主管，更不是同事，進一步談到工作內容與環境，彼此都覺得「隔靴搔癢」。

政府既然決定出面求才，筆者提供一個愚見：不妨用心邀請幾位國營事業的總經理、總工程師，愼重挑選幾位研究所所長、主任，認眞選聘幾位大學校長、院長，而且從國外已經有成就的學人裡面去選拔去勸進，如果成功，大事就完成一半，以下便由他們去操心罷！

科技屬專業，一定要經專業的管道求才，儘量利用學會來連絡學人，利用學報公布工作機會，近年來阿拉伯、新加坡、香港都經常這樣做，遇到高才不妨邀他回國參觀面談，也可利用暑期國建會做爲「掩飾」，彼此都不失彈性……總之，方法是很多的，但要有個基本認識，「訪才」不是「採購」，必須顧慮到「人」的因素，越是高級的人才，他的選擇機會也越多，我們不但條件優厚，也要設想周全！

筆者服務於美國大學，每逢新聘教授，系主任都非常鄭重其事，成立小組委員會，邀請信寄出到各大學，初審、複審、面談，最後還諮詢每位教授的意見而定聘，他最怕選定的人另有高就，因爲煩人的過程又要重演一次，他親口對我說：「在我所有的工作項目裡面，選聘教授是最重要的一樁工作！」能不愼乎？

——《時報周刊》一九八三年五月

近年歸國學人甚多，國內機構不難求得優秀人才，但用人才要力求公平，避免對雇方造成負面信譽。

——一九九四年附記

迎接一次新的工業革命

最近從報章雜誌上，讀到國內對新興生物技術的重視，一年前曾舉辦一個大型的遺傳工程研討會，最近國科會與行政院科技組一再強調這方面的發展，與能源、材料、資訊、生產自動化，同列爲五項優先重點科技。這是國內政治家的高瞻遠矚，科技學家的新挑戰，也是農工商業的新希望，筆者覺得國內人才濟濟，科技水準高，這是一個走在時代尖端，做一名先進的好時機，希望大家打開胸襟，放大膽量，迎接生物技術的來臨。生物技術的範圍與發展方向，我們國家的特色與做法，我想是很值得討論的題目，筆者不揣淺陋，願做一名千慮的愚者，投石問路，目的在引起廣泛的興趣，觸發更高明的意見。

DNA的故事

要談生物技術，不得不從核酸DNA談起，但是這方面見諸報章的文字已非常之多，筆者不擬詳述細節，只舉大要，爲了便於以後的討論。

大約三、四十年前，美國的幾位微生物學者，發現從甲種細菌取出DNA，加入乙菌體內，乙菌會轉化爲甲菌，於是他們提出了一個重要發現，認定核酸DNA是遺傳的物質基礎，從此以後，更多的研究結果確定了他們的理論。

由於發現DNA的重要，大批生物、化學、物理學家紛紛投入研究，對DNA的性質、結構，細胞內的分解、合成，以及生理作用都逐漸了解，終於我們知道DNA是一個很長的分子，許許多多的遺傳消息，便記載在這長分子的特殊結構上面，很像中國古代所說的「結繩紀事」。二十年前，生化學家進一步破解了DNA上面的「三字經」密碼，他們突然好似掌握了生命的奧祕，並且自撰了一個新頭銜：「分子生物學家」。從此生物學並不一定在生物體內研究，而是把DNA放在試管內，就像普通化學物質一樣地反覆實驗了。

到了七〇年代，DNA已經毫無神祕可言，被分子生物學家整理得一清二楚，可以分解、修剪，也可以連接、合成，把它放在特定的試管液裡，按照分子上的密碼，便製造出一定的產物，發生生理作用，生物學家的得心應手，DNA到了「剪得斷，理不亂」的地步。

更重要的事發生了，分子生物學家藝高膽大，居然把DNA分出來，加以裁剪，並且非常巧妙地放進新的生物細胞，這新的DNA可以參加遺傳工作，使這細胞獲得了新的生理功能，這就是有名的「基因分合術」。這一招的成功，生物學家嚇壞了世人，也嚇倒了自己，趕緊召集全世界的同行大會，互相警告。但是「禁果」一經品嘗，再無迴轉餘地，一方面是新知識的強烈誘惑，再一方面各國加緊跟進，與其設限，不如鼓勵，大家來做更透徹的研究，不但如此，這種新技術在農業、工業、醫藥方面的應用，更是開天闢地，潛力無窮。此時情況，好比二次大戰期間的發明原子武器，一則以喜，一則以懼。

生物技術的故事

「核能」研究，一經發現，除了急起直追之外，寄望先進國家自行設限是不可能的了。

「生物技術」雖然是新鮮名詞，廣義來說，農業與醫學早就是生物科學的應用，是傳統的生物技術。傳統與近代生物技術，除了「技術」不同之外，在「邏輯」上也略有不同。傳統的農學和醫學，大部分屬於「經驗科學」，知識來自經驗累積的多，來自基礎理論的少，不像工業，先有化學，後有化學工程，先有電學，才有電機工程。

近代生物技術與工業技術的發展相似，完全衍生於分子生物學，而分子生物學的興起，與農、工、醫原來是扯不上關係的，最初的實驗對象一直是微生物，用動植物的絕無僅有，如今分子生物學理論大成，科學家才覺悟到實用的價值，才開始把理論與技術運用到有經濟價值的動物（畜牧）、植物（作物）和人類（醫藥）。近年來歐美紛紛成立生物技術公司，一面發展技術，一面推廣應用範圍，如果說農、工、醫將有革命性的改觀，其實並不為過，國際上許多有識之士，預言二十世紀末葉，最重要的新興工業就是生物技術。生物技術的內容並不限於遺傳技術，還包括了醱酵與酵素技術、細胞學技術等等；但由於前者的突飛猛進，其他的也潛力大增。生物技術的應用，目前大致分三方面：農業、醫藥、能源。

農業上最具潛力的發展是動植物育種，利用組織培養和DNA分合術，可以培育性質優越的作物，不需施肥，或增強疾病抗性。動物的生物技術目前多用實驗室老鼠，例如試管胚胎、無性生殖、DNA注射等等，一旦技術成熟，在畜牧業和家禽業的應用是指日可待，現代農業，一步步走向高級技術，有一位植物育種專家，因為大量引用分子生物學技術，自己號稱「分子農學家」，饒有新趣。

醫藥是生物技術最早想到的應用，尤其是一些荷爾蒙、維他命、抗生素，可利用微生物醱酵來大量製造，將來成本一定大幅降低，單株抗體的技術，可以更有效的控制疾病，基因置換手術，可以治療遺傳性疾病，醫藥應用還是潛力無窮，不過目前因爲安全問題的考慮，在人體方面應用，不得不小心謹愼。

能源危機，是近十年人類最大問題之一，由於新能源的發掘，已使緊張和緩不少，除了太陽能、地熱、新油源等等，生物能也是重要角色。會產生油料的植物，被戲稱爲「搖油樹」，已在世界多處種植，遺傳技巧可以提高品質，增加含油量，此外，利用微生物分解地球上豐富的纖維素產生液體燃料酒精、氣體燃料沼氣，在節省能源方面，有些低溫的酵素反應，可以代替高溫高壓的人爲化學反應，這方面已引起化工界的普遍重視。

我們的故事

臺灣在分子生物學方面，已有很好的基礎，這不得不歸功於中央研究院植物所前所長李先聞先生的苦心經營，一九六四年李所長主辦暑期生物研討會，主講人有余傳韜、周汝吉、黃秉乾，是臺灣分子生物學的第一批播種者。從此之後，中研院植物所穩健發展，分子生物學一直是一個重點，其他院校及研究所也逐年進步，目前在生物化學和分子生物學都有不錯的水準。在尖端研究上，當然不能同歐美第一流院校相比，但是一般的基本觀念與基礎訓練是夠的，比起一些資源相當的國家，甚至美國的許多州，臺灣是有過之無不及。這點「自知之明」是很重要的，我們應該有信心、有膽量去追求生物技術的快速發展。

還有一點必須強調，就是起步要早，參與早期發展，不難在生物技術的領域裡佔得一席之地，若是錯過時機，十年後再來向先進國家學習，便要付出大筆大筆「學費」，國內有些工業，就因爲屬於「末學後進」，不得不處處受制於人。

前面提過生物技術的應用範圍很廣，可以發展的項目很多，不可能在短期內爲先進國家全數佔領，只要我們立刻下手，便有我們能力所及的「勢力範圍」，好比移民拓荒，初期移民很容易開墾自己的地盤，後期移民便插足不易。臺灣三十年的教育工作成功，各方面人才濟濟，如今良機當前，不妨大膽一試！

有那些可試身手的題目？

這是國人智慧的考驗，除了「信心」之外，還要有更進一步的「自知之明」，東方人身材短小，在籃球運動是永遠吃虧的，美國式足球更不要去嘗試，但是棒球、網球便能不落人後，科技發展也可作如是觀。許多歐美熱門的生物技術，例如干擾素、胰島素的製造，植物固氮作用等等，他們已經領先多年，我們不妨從旁觀察，由他們去鑽研，我們自己的方向呢？第一，要別人無暇顧及之處，第二，要有我們特異的地方色彩。爲了提高讀者興趣，筆者提供幾個題目討論：

一、肝炎的單株抗體　這個題目已由各方高手提出方案，勢在必行，肝炎流行臺灣，已到了非對付不可的地步，同時單株抗體技術成熟，只要肝炎病毒確定，便可下手，參考西方研究結果，成功希望是很大的。

二、海洋生物能　臺灣環海，海洋資源取之不盡，臺灣的魚蝦養殖已是世界聞名，此外不妨發展海藻養殖，大量生產之後，可供製造酒精和沼氣能源，以及其他高價值的醱酵產品。

三、沼氣技術　臺灣發明的沼氣袋，獨步全球，在應用技術方面已有規模，但缺乏生物研究，應該引進遺傳技術，發展高效率的沼氣細菌。

四、單胞蛋白質　利用生長快速的微生物，來生產食用或飼料用蛋白質，臺灣早有多年經驗，臺糖與中油都有經驗，可惜原料受限，成本太高，不妨再試海藻做爲原料。

以上略舉數端，目的是抛磚引玉，盼能廣求眾議，將名單列得愈長愈好，然後衡量資源、人才、經濟效益等條件，再做最後之精選。

政府的催化作用

一項新興的科技與工業，雖然成就事業終究要靠民間，但是政府的領導與推動，是不可忽視的催化劑，日本工業在歐美後來居上，日本政府的支援，功勞很大。

政府能做什麼事呢？

最重要便是政策，譬如生物技術被列入五項優先，便是政府的遠見，但是今後發展的內容與題目，又是一次智慧的考驗，希望集思廣益，愼重選擇重點，筆者有一點願望，就是十年、二十年後，臺灣的某種生技產品，就像瑞士手錶一樣地風行世界。

其次，政府一定要成立一個資料與教育中心，在這裡要有最新和最完整的有關科學的資料，包括書籍、雜誌、學報，甚至重要技術的錄影，資料就是情報，要做到無遠弗屆，劍（研究）及履（資料）及。教育訓練是人才培養，包括技術人員及科學家。可利用暑假，聘請國內外專家授課及指揮實習，並且儘可能邀請世界一流學者訪問，不但可獲得第一手經驗，也可對國內成就之認定與宣揚。

第三，聯絡海外學人充任顧問。海外的華人學者是臺灣特有的人力資源，全球大概只有以色列有相類似的資源。海外學人對於國內學術與科技上的諮詢，多數都是全力以赴，雖然海內外學人不免有些隔膜，這種隔膜，不難在政府適當的措施下消解。在國際關係上，也要鼓勵民間與歐美公司技術合作，但要求國內公司確實掌握股權，並保證技術轉移成功。

最後是經費。政府要拿出搞十大建設的雄心，成立研究發展基金，提供充足的經費，運用在資料中心、教育中心、研究獎助、定期（強調定期，不可一曝十寒）研討會、農工商業討論會、學人訪問等方面。經費不能不足，但是比起許多其他的科技與工業，生物技術的投資是很小的，若是一兩項產品成功，更是一本萬利。

結語

生物技術時代來臨在卽，許多國家都在準備，迎接這一次新的工業革命，筆者也有「山雨欲來風滿樓」的預感，特將一些個人的感受與想法，提供給有心人士參考。

我們的科技，一直走在人後，不免要吃力地迎頭趕上，這次是一個機會先拔頭籌，躋身先進，國人何妨提高眼界，放大膽識，通力合作試一試！

——《時報周刊》一九八二年十二月

也談校園風波

最近在美國一所校園裡，中國同學間發生一件不大不小的「海報風波」，筆者服務於該校，多少耳聞目睹，不可避免地談一談個人的感受。

簡言之，有兩位同學張貼海報，指控某位同學爲國民黨特務，校方告到地方法院，判決爲不合法張貼。事發期間，也有幾位關心教授居中調解斡旋，盼能庭外和解未成。雙方面的傳言當然很多，「事未易察，理未易明」，筆者未曾深入調查，不敢輕予論斷，但很爲《中國時報》海外版的新聞標題所感動：「本是同根生，相煎何太急？」相較之下，海外其他各報新聞均語帶煽動，實爲不幸。

事件之外，實在有許多值得我們檢討的地方，筆者冷眼旁觀，深以爲憂。其一，海外同學對於政治問題，不是太敏感就是太冷漠，過敏的人衝動地把事情躍升到「鬥爭」的層次，中間全無商量的餘地；其二，有些人來美國不過一、兩年，便壁壘分明，棄同生、同長、同學於不顧；其三，風波後遺症：冷漠。

政治過敏的同學，很喜歡給人「貼標籤」、「戴帽子」，往往一兩句傳言，或是討論中的斷章取義，便敵友分明，劃清界限，其結論之簡單快速，令人咋舌，譬如：是國民黨員，很可能是「特務」；讀幾本《美麗島》，必然是臺獨；從大陸來的，有直稱「共匪」者；去過大陸訪問的，當然「親共」；參加國建會，一定是國民黨；某某人是「左派」，某某人是「中間偏右」……名目繁多，這種分類固然簡便，使人「一目了然」，但不免有「頭腦簡單」之嫌，「地理位置」是相對性的，完全要看「送帽人」的位置而定。由於立場如此對立鮮明，形勢上便是一觸即發。

今天雖然說海外是外交戰的第一線，但也未嘗不是一個難得的公開論壇，不同的理論得以討論，某些政治行為也表現無遺，時日一久，是非自有公斷。記得尼克森訪大陸，當時親共形勢一片大好，曾幾何時，中共自己也承認了文化大革命的十年浩刼，從這些教訓，我們對事對人的判斷，能不愼乎？

關於出國後對政治的極端反應，實在應該痛心，值得檢討。同在臺灣長大的青年，爲什麼出國不久便反目相向？在國內是同鄉也是同學，出國後又是同學，其關係不可謂不密切，何以短期間便反臉成仇？這不能完全歸罪於海外的複雜環境，大專畢業生都是成年人了，留學生更是優秀的大好青年，何以衝動至此，不念舊情？一兩年的衝動便不顧一切，各走極端？

《時報雜誌》一六二期（元月九日），有一篇關於留學生研習會的改進建議，筆者非常同意。國外政治情勢不像國內之單純，出國之前在心理上、認識上、觀念上都應該有準備，尤其對於大陸現況及臺獨問題，不但不要避諱，反要充分討論，多方瞭解。到了國外，免不了遭遇極端思想的衝擊，如有前述準備，多少發生「不足爲奇」的平衡作用，自然而然地避免掉無謂的衝突，有瞭解才有寬容，套句流行話，才有「共識」。很可惜，大部分留學生都缺乏這份準備，以筆者的觀察，許多留學生都經過這種摸索掙扎的心路歷程，特別是關切國家前途的學生，這種衝激也是使人更成熟的必經之過程，但是，這種過程應該早在國內成長中完成！

談到風波的後遺症：「冷漠」，這是最可悲的一點。校園裡經歷一次政治風波，同學付出多少缺課的代價？多少研究工作被迫停頓下來？心理上波濤起伏，生理上筋疲力盡，而事後，當事人心灰意冷，旁觀者裹足不前，從此視國家政治和大眾服務爲畏途。

在校園裡，一旦發生類似事件，通常一兩年內同學會大傷元氣，沒有人再熱心公益，連國際活動也不再活躍，給予外界很不好的印象，有些怕事的學校，爲了避免麻煩，便減收中國學生，無論如何，對於我們受教育的機會是一種損失。

從長遠影響來說，有些留學生畢業之後便會有退縮的傾向，只求個人的出路，不再關心中國的政治，也不再過問中國人的前途。這種政治冷感症，對國內的影響暫且不談，在國外，卻足以導致華人普遍的散漫，政治上受制於人，海外僑團雖然努力倡導團結合作，爭取華人權益，但是，一個「政爭」又把大家衝得四分五散。

這些年來，目睹一連串的政治風暴吹襲臺灣，從釣魚臺運動，聯合國的退出，到中美斷交。還清楚地記得，在電視上看到周書楷率代表團步出聯大的神情，當時熱淚禁不住奪眶而出，但是，十多年來臺灣屹立不搖，自有他存在的道理。不過總體來說，中國問題仍懸而未決，大局未決之前，政治風波還會發生的，我希望，在小的校園範圍之內，我們能運用理智，把對中國人可能的損害減到最小，同時，我也期待著大智大慧的出現，引導中國的命運和中國人的前途，走向一條可行的大道。

——《時報周刊》一九八三年元月

國內政治已大幅度開放，國外也不再隔閡，但是大環境還在僵持，此文仍有見證與參考的價值。

——一九九四年附記

華人同心圓

簡宛說愛有很多個同心圓，外圈的圓包括了親人之外的社團、宗教、社會、國家，甚至不同的種族，我覺得很有道理，人除了自愛之外，也追求大團體的歸屬感，這種歸屬，增加了個人的安全感，也可以說是愛我、愛你的擴大。

北卡州三角地區成立華美協會（Triangle Area Chinese American Society，簡稱TACAS），已有十四年歷史，是當地華僑自動自發的組織，成立的宗旨是，促進地方上文化交流，推展華文教育，保護華人權益，參與社會的慈善服務，當然，更重要的還是聯絡當地華人的情感，使華僑除了宗教和職業之外，也有一個認同和歸屬的社會團體。華協是在北卡州立案的非營利、非政治的公益團體，十四年來頗能堅守其宗旨和原則，初創時會員五十，目前已有二百五十位會員。

十四年，對一個社團而言，歷史還是相當短淺，其風格與傳統，猶待歲月的考驗，不過，十四年間華協對地方的貢獻還是相當可觀。一年一度的春節聯歡晚會，邀請各華人團體聯合舉辦，每次參加中外嘉賓近千人，雖然工作人員常爲場地限制所苦，但已形成地方盛事。文化活動的主力，是參加秋季的洛麗市國際節，每年吸引的遊客有二萬人次。華協所屬洛麗中文學校，每到星期六有近二百位小朋友一起學習中文。母親節的烤肉大會，也行之有年，一到五月，老老小小自然有一份期盼。少年俱樂部出版過期刊，每年六月有海濱之旅。爲了融合美國社會，也經常舉辦慈善捐助、探訪老人院、名人演講等活動。

在權益方面，前三年一位華裔青年盧明希，爲無行美人擊斃，事件震驚全國，華協主動支援，成立委員會，引起社會重視，終於贏得了法庭的正義，避免了十年前陳果仁事件的惡例。今年，一位北卡州大華僑學生，被汽車撞倒斃命，經過華協通訊網，很快爲他的遺屬捐募了兩萬多元的撫恤金。這類突發事件，如果平時沒有一個有感情、有愛心的組織，便很難發揮支援的功能，受害人也求助無門。

經由會員捐款，據聞華協已募到一筆會館基金，希望能夠建起一座永久的會址。畢竟人力有限，目前距離目標尚遠，但是有志者事竟成，有一天好夢未嘗不能成眞。

眞正値得稱道的，是該會對憲章的尊重，是華人組織中少有的好現象，當年選舉副會長，次年接任會長，前後十四任會長，中規中矩，會長職是一種榮譽，也是一種義務，不至於連任而累倒，也不會集權而變質。今年，原任副會長工作調離北卡，一時新會長出缺，引起部分人的關切，但是在董事會的延攬下，很快請到熱心人士參選連任，如果這組織平時沒有民主傳統，恐怕也就難以爲繼了。從這個角度來看，這類華僑社團有一個更大的功能，就是人才培養和自我訓練的好場所，既能培養東方的情感，又可學習西方的民主素養。

三角地區華美協會是一個很好的例子，可看到個人的愛心與相互間的愛護擴展到社團的發展，其他宗教、職業團體、社會、國家又何嘗不然？我願看到愛心不斷擴展，孫中山先生提出博愛及世界大同的理念，不就是愛心最大的同心圓嗎？同時，也做爲海外華僑團體發展的參考。

——美國《世界日報》一九九三年九月八日

設立農研院才能領導農業科技發展

國內正在著手六年國家經濟建設之大型計劃，而六年國建計劃中，包括了設立醫學研究中心，規模宏大，組織仿傚美國國家健康研究院，將來對國內醫學生物方面之研究，必然會起很大的作用。在工業技術方面，國內早有工業技術研究院，目前設備精良，集中的人才更是可觀，從全面經建來看，雖然有了工業與醫學研究中心，在農業方面，獨缺一所綜合性、有規模的國家級研究中心，現有的各級研究單位，雖然過去對臺灣農業做出了重要的貢獻，長遠來看，其規模與能力，恐怕難以迎接二十一世紀農業的競爭與挑戰。

除了經濟建設考慮之外，國內農業委員會也有改制爲農業部之議，這是農業受到重視，行政層次提高的好消息。環視世界各國，農業主管均爲政府部級單位，近年來其功能尤其顯著，因爲糧食生產高度技術化，其分配手段也日益複雜，已成爲世界性的共同課題，農業的生產方法與經濟政策，必須提高行政地位，才能有效率地對內對外運用，因此，設立國家農業技術研究院，也是配合成立農業部的必要設施，將來才能領導農業科技的發展。

過去三十年，臺灣雖然享受到了經濟發展的成果，但是，仍然不能突破自然條件的限制，人口的壓力，環境的污染，食物價格的上揚，短程來說，臺灣在農業技術上必須再求更新，才能緩和或解除這些難題。長程而言，臺灣有條件可成爲農業新技術的先鋒，將來還可以協助發展大陸地區的農業，其影響既大而且深遠。這些短程和長程的目標，國內現有的農業科技單位是難以達到的。

爲了有效引進生物技術爲國內所用，提高農業科技達世界第一流水準，國內必先創辦或聯合既有研究單位，成立國家農業技術研究院。

設立國家農業技術研究院之基本理想，是成立一所世界第一流的農業科技研究院，集中最好的人才與技術爲農業服務，其設立之目的包括下列四項：

一、迎接生物技術世紀之來臨，開發生物技術爲農業所用；匯聚一流人才，推動新技術之研究與發展；吸收並轉化世界最新技術爲國內農業利用。

二、合作並支援國內既有之農業研究單位，提高科技並發展具有國內特色之農業與水產，開創更精緻的農產與水產品，如花卉、特種作物、加工海產等。

三、利用新的生物技術保護農業環境與海洋生態，並開發新的農業與海洋資源。

四、放眼全中國之農業發展，合作開發大陸之農業與水產。

每個國家有其文化特色，國家農業研究也有不同的特點，這些特點要考慮到原有的專長與不足，生態環境，國際合作，還有共同開發大陸農業的可能性，我們希望新設研究院具有以下特色：

一、利用生物技術支援並發展國內已有的傳統技術，雙向合作；基礎研究與技術開發並重，有尖端的基礎研究，才有能力吸收最新的技術；研究人員需具有近代生物技術之專長，除了研究工作之外，需兼任推廣任務。

二、兼容長程、中程、短程之研究與發展，爲國內農業即時服務，也爲未來新技術鋪路；與大專院校及研究所合作研究，聯合培養研究生，訓練農業技術的新生代。

三、設顧問委員會，聘國內外知名學者擔任評議與諮詢；設傑出研究講座，聘請第一流科學家擔任長期領導或短期指導研究工作；設國際合作部，與世界著名學府及企業合作開發最新技術。

四、重視農業生態與環境保護，設環境保護研究所；重視技術發展與社會經濟效益之配合，設農業經濟研究所。

五、落實臺灣農業之外，重視並研究大陸農業現狀及前景，設立有效之交流與合作。

成立大型研究院，不到十年不計其功，應預定兩期五年計劃來完成全部之規模，及部分之研究項目。

第一期五年計劃的重點在「創建」，在這五年要完成「硬體」和「軟體」的全部計劃。對外要重視溝通，廣求社會之支持，選定院址之後，立卽興建行政及第一座研究大樓，以便卽時展開行政與初期研究工作。人事上要成立董事會、顧問委員會，並聘選院長、副院長及初期工作人員。初期研究題目著重於短程及中程計劃，針對目前社會關切之重要問題，譬如畜糞處理、農藥生物分解、豬鴨魚蝦病害防治、飼料添加物之利用，免污染果蔬之培植、植物病害之生物防治、高價值海產之開發等等。還有一件重要的工作，就是有計劃地進行海峽兩岸的農業技術及生物資源的交流。

第二期五年計劃的重點在「發展」，逐步完成所有「硬體」建設，諸如各研究所大樓、農場、畜場、魚塭、圖書館、設備中心等等；同時充實「軟體」計劃，聘定各所所長、專家及研究人員，在人員及設備齊全之後，共同商定適合全院發展之長程及大型研究計劃。此時初期短中程計劃呈現成果，研究院可獲得社會之普遍肯定，並支持第二期計劃之進行。

發展國內農業科技，同時有效轉移國際一流生物技術爲國內農業所用，是國內外同胞共同之願望，爲達到這個願望，必須成立國家農業技術研究院，對內串連傳統之研究單位，完成農業科技體系，對外有效率地吸收並消化新科學及新技術，這是當務之急，現在不做，將來一定後悔。

——《聯合報》一九九二年元月二十七日

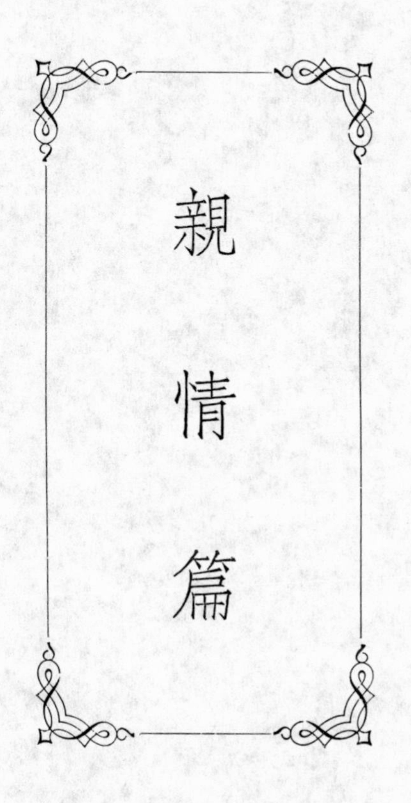

親情篇

科學家談愛情

真　情

愛是要情感的，其實做研究也需要一份熱情，不付出熱情與心思的實驗是做不出好結果的。

愛與科學一樣，只是去做是不夠的，一定要投入眞情，如果只講究技巧與快感而無眞情，那只是感官的性愛，並不是愛情，就好像有些科學家，炫耀一流的設備，最新的技術，反而把科學的情趣，求眞的精神喪失了，這種只做不想的失誤，古人不早有「學而不思則罔」的明訓嗎？愛情又何嘗不然？

堅　貞

愛情要幾分執著，就像研究要幾分堅持一樣，求愛有失意的時候，科學也有孤寂的時刻，愛情執著，從一個愛人得到的情意勝過十個愛人，研究的堅持，才能獨到而深入，才能一通百通。

老實說，今天不務專業的「濫情」科學家也有不少。

現　實

愛情能使現實抽象化、美妙化，使這個世界更為可愛，但是，愛情也要面對現實，包容現實，只談愛而不顧現實，那是作夢，也是矯情。科學的精神層面，也一樣提升一個人的格調，君不見許多科技大師的渾厚眞純？科技帶來文化的新層面，帶來世界的新奇變化，但是科學家仍需落實於具體的現實生活才有結果。拜讀幾篇最新的報告，把玩幾個新的理論，進而結識幾位名家，這都是「表面文章」，是「枝節」而已，一個科學家要能回歸到現實的研究室，瞭解自已的條件，選擇適當的題材，還受得了實驗室的寂寞歲月。眞科學與眞愛情一樣，沒有捷徑可走。

十年

人在成年之後，其生涯可用「十年」計程，第一個十年，愛情由相知而成熟，由激越而穩定；科學由陌生而熟悉，由淺嘗而專業。第二個十年略有小成，家庭有了十七、八歲的兒女；研究有了十七、八篇得意之作。第三個十年，希望是愛情與學識皆有所得，既能通情，也能達理。

今年是結婚二十周年，也是第三個十年的出發，爲未來更多相處的日子共勉。

兩情三式

有位老友對我歎息：

「結婚多年，有三個字是好寫照。」

「願聞其詳。」我回道。

「好說，臼、比、北，三字而已。新婚燕爾，男歡女愛，是為『臼』，過了十年，一個求，一個拒，是為『比』，到如今是『北』風吹，背對背，冷淡得很。」

聆聽之下，暗叫不妙，這位科學家朋友果然有學問，會拆字，可惜愛情走入低潮，我趕緊提出妙方：

「吾兄謬矣！這『臼、比、北』正是有名的『兩情三式』，對夫婦感情而言，是有增無減，只濃不淡。」

「願聞其詳。」該他好奇了。

「第一式是『兩情相悅』，像個『臼』字，魚水相歡，情投意合；第二式是『兩情相慰』，像個『比』字，倆口子鬧氣，一方若是委曲，另方應該從後輕摟安慰；第三式是『兩情相依』，正像『北』字，老夫老妻不能成日相悅，背貼著背靜臥，背脊暖和和地相依而眠。這兩情三式，吾兄不妨一試。」

老友聽後，果然佩服科學家也懂得愛情，不過心服口不服，仍然反唇相譏：

「你人老心不老，肉麻當有趣啊！」

「老兄，是神仙還是魔鬼，不過一念之間，一念之間啊！」

結語

不論是小說、電影，或劇本，都喜歡以「有情人終成眷屬」做爲美滿的結局，我也有一句話，做爲本文的結語，那就是「願天下眷屬皆是有情人」。

——《未來雜誌》一九八六年九月

合歡之外

年初元月十五日，我正準備下班回家，接到石全從杜克醫院來的電話：

「爸，醫生請你馬上來醫院，媽媽要開刀。」

當天上午臨上班前，簡告訴我她的頭痛依舊，這頭痛已延續一月之久，一星期前去檢查，找不出腫瘤的徵兆使我安心不少。但是頭痛是愈來愈嚴重，夜間甚至不得安眠，於是我一早電話給好友黃達夫醫師，請他無論如何安排一位神經科醫師看看，他一口答應。大兒子還放假在家，中午便陪著母親去醫院，想不到下午接到他從醫院來的電話，這電話是個壞消息，因爲病情相當嚴重而危險，但也可說是好消息，終於及時找到了病因，再晚了，後果就不堪設想。

趕到醫院時，醫師們已做好準備功夫，簡進了病房，梅西醫師診斷爲Aneurism，腦部動脈脹起小胞，壓到神經，引起頭痛，血胞隨時會破，便是腦溢血，所以手術愈快愈好，把血胞夾掉。這是一種非常精細的腦部手術，危險性高，一定要我和簡的簽字同意。

當晚便做腦血管X光細檢，動脈手術定位，還有脊髓液抽驗，麻醉準備，洗頭剃髮等等，折騰了一夜，不得休息。

簡很鎮定，向我交代一件件的家事，家裡事她向來一手包辦，這關口時，她很冷靜地告訴我一些財務上的事，文件保存的地點，還有孩子的事，她很滿意石全已上了康乃爾大學，希望石廷將來也上一所好大學，最令我難堪的是，她說：

「我如果去了，你要好好過日子，我沒有什麼值得遺憾的事，這一生我過得很滿足，也很幸福。」

眞的很「滿足」嗎？我是很抱歉一直沒有給她「富足」的生活。

從我們認識、戀愛到結婚，我一直是個窮小子，在大學念書時，全靠做家庭教師來維持生活，經濟上一直很拮据，簡是位勇敢的女性，勇敢地接受了我的一切，從不抱怨，而且很厚道，我若請她看電影，她一定請我小吃。

記得第一次約她看電影，卻想不到一道來了位同伴，我因爲手頭緊，只夠加買一張半價票，夾在兩張全票中間，大膽地混進了戲院。後來她知道了，便不再邀伴參加我們的約會了。

由於省籍的差異，我們的交往也經過不少周折，簡勇敢地面對家人，以及街頭巷尾的議論，並且巧妙地安排同她家人一步步地親近起來，慢慢地爲我建立了極好的形象。我在服兵役期間，向她父親寫了一封信表露心跡：

「我雖沒有百萬家產，但有一顆愛她的心。」

從此，她家裡不但接納了我，訂了婚事，並待我如一家人，這一切不得不歸功於簡的勇敢與聰慧，記得我父親生前對她就非常稱讚：

「本省籍女性好，有傳統的美德，又有現代的教育與知識。」

簡當之而不愧。

次日凌晨，醫師護士來了一大群，蜂擁著簡進入手術房，我愛莫能助地親親她，便被隔離在休息室。在這場生命的爭奪戰裡，手術房裡靠弗里曼醫師和他的手術小組的奮力搶救；休息室裡是我向上天的禱告與乞求。我閉上雙眼，邀請到了家父、岳父、外祖母的在天之靈，請他們施以援手，幫助簡的康復，他們慈祥的笑容一一出現，似乎在安慰我，不會把愛妻從我身邊帶走。

和臺北通了長途電話，不敢把消息立刻告訴岳母，怕老人家受不了，找到了二妹靜惠，報告了病情，並請她技巧地轉告母親，說著說著，我的聲調也禁不住哽咽起來，萬一簡眞的去了，將要如何是好？

簡給人的印象並不是極端聰敏伶俐的一型，她也從不聰明自恃，她肯努力、肯思考，二十多年生活在一起，我深深體會到她溫柔而堅定的氣質，逐漸發展成出眾的信心與智慧，尤其是那份擇善固執與鍥而不捨的精神，是很少人及得上的。

她熱愛寫作，二十多年不曾間斷，前前後後出版的創作與譯作有十五本之多，想想這還是她做家庭主婦之外的副業而已，她的成績卻是有些專業作家也趕不上的。她雖然沒有炫人的職業，卻成就了文章事業，她雖然沒有吸引人的小聰明，卻發展出對人對事高人一等的慧心與思想，讀過她作品的朋友，相信都有相同的看法。

一個有智慧的人，是最會善用自己環境、自己條件的人，而且發揮這些條件，發展出自己獨特的心得與成就。每個人都有自我特殊的「安身立命」之所，英文所謂「niche」。然而不是每個人都有這種自知之明的慧根，由於我的親近，最能欣賞到簡在這方面的難得與可貴。

結婚最初幾年，我還在學業與事業上學步，又有了幼小的孩子，她不得不安身在家，相夫教子，但是她沒有怨嘆，反而抓起了她從中學時代就熱愛的文學筆，開始紀錄自己的心聲，從大度山到綺色佳，從伊利諾到北卡嘉麗，寫成了《葉歸何處》、《地上的雲》等書，到如今還在坊間流行，頗受歡迎。她總覺得從前的作品不夠成熟，我倒覺得當時少年的情懷清純可愛，彌足珍貴。

伴著兒子的成長，她愛上了兒童文學，又選課，又翻譯，又創作，《奇妙的紫貝殼》得了大獎，她的播種與耕耘，在臺灣的兒童文學界，是有目共睹的。

在北卡定居之後，她又熱心中文教學，創辦了中文學校，同時孩子也放得開手了，她便選修教育，在北卡州大得到碩士學位，從此她的視野更開闊了，從兒童文學走進成人教育，開始深入思考家庭問題，文化比較，以及中老年人的再成長，她翻譯的《愛、生活與學習》，在臺灣高踞暢銷榜一年多，可見她的譯作也很受歡迎。

回想這本書的成功也頗偶然，一九八三年我去英國訪問研究，全家在威爾斯住了半年，簡頓時生活在一個社交的眞空裡，她利用時間讀書寫作，悠然地完成了這本譯作，還寫了《歐遊心影》，都很受讀者歡迎，這就是她不易爲外人覺察到的智慧，適時適地找到自己生活的趣味，而且永遠不畫地自限，不斷地找新的題材，新的內容，和新的天地。

正在休息室中愁腸百結，來了黃醫師，達夫兄很健談，陪著我天南地北地聊，化解了我不少憂愁。

四小時之後，弗里曼醫師出現，告訴我一切順利，沒有任何意外，助手們正在把頭蓋骨縫合回去。

再兩小時見到了簡，她正慢慢地從麻醉中甦醒過來，護士不停地問她姓名和醫院名稱等等，在試探她的記憶力，有一次她胡亂說了另外一家醫院，引起一陣虛驚。

接著三天在加護病房，整天二十四小時有專人監護，她身上布滿了針管、線路和儀錶，到這時候，雖然簡仍受著體膚的痛楚，我和石全、石廷都已確定：「媽媽將不致離我們而去了！」石全也放心地整理行囊，返校上課。

由於簡的人緣好，關心她的朋友眞多，病房堆滿了鮮花，家裡的電話不停，我和孩子也有用不盡的美食，這麼多的關心，這麼多的鼓勵，使她恢復了勇氣，展現了笑容。

十天之後回家休養，朋友見到她出院，同我一樣的高興，不但大家排好日期輪流來侍候她，連家事也替我做了，我從來沒有看過如此豐盛的友情，眞是令我感動。

簡的愛心與親和力是少有的。

在家裡她是七個子女的老大，幾個小的，對她有「長姐如母」的敬愛，她對弟妹的愛護是無微不至，六位弟妹沒有一位不曾在我們家住過一陣。二妹靜惠是我家常客，也是大姐的知心，兩位弟弟考大學時，先後來家小住，爲了專心向學，安靜讀書。三妹在美國是從我們家嫁出去的。四妹在臺中念書就住我家，初來美國，大姐還幫她開過館子。五妹從小就跟前跟後，碩士學位是在我家念出來的，她倆差了十三歲，也最得大姐疼愛。

也許是長姐的關係，簡有一顆寬厚的心，從學校到社交，朋友都樂於同她結交，有心事也向她吐露，主要是她有三個優點，一是有同情心，肯聽也願意分擔別人的煩惱；二是不取高姿態，從不藉機訓誨別人；三是愛護朋友，從不饒舌多嘴，搬弄是非。

我開她玩笑，問她的心事向誰傾訴？

「你呀！你應該覺得光榮。」她總是這麼說。

爲了答謝她的美意，我也就樂於從命了。

這是她以愛感人常見的例子，對於我及兒子的關注，始終是她生活的重心，她常用正面的稱讚來鼓勵我們。

她常說：「好話說多了，就會變成眞的。」

其實是：我們聽多了，自然就依著她了。

簡是一位「愛的教育」的理想主義者，也是「愛的教育」的實行家。

最近簡決定把她的近作結集出版，書名爲《合歡》，內有多篇有關我們的生活，一篇〈塵緣未了〉，是她描述重病之後恍如再生的重要文字，我深受感動，便決定也把我的感觸寫下來，做爲紀念。

簡的勇敢、智慧、愛心，是我對她衷心的評價，本來，做丈夫的不應該把話說得這麼滿，外人來看，有點難以置信，上天來看，怕會遭忌。不過，經過這次病痛的重創，使我眞正體會到人生無常，美好的時刻也許稍縱即逝，我要分外珍惜，當我們愛一個人，要讓她知道，要去疼她。在醫院裡，她自稱：「我這一生過得很滿足，也很幸福。」這句話我聽了旣安慰又難過，如果簡這次眞的去了，我將多麼遺憾，沒有告訴她一句同樣的話呀！

至於遭忌上天，我已有恃無恐，我見到了我們父親的笑容，他們爲我們生活的美滿而高興，他們把簡送還給我和她的孩子，讓我們續享天倫，這是對我們的祝福，對我們的保佑，我們也不會讓他們失望。

有位來過我們家的朋友曾說：「你們二位眞是多情，住個房子，前院的大樹居然也是合歡。」

「合歡」當然是婚姻的基礎，但是只有情欲的婚姻是不夠的，在這裡我深能體會到東方「相敬如賓」的另一種意義。就是夫妻間互相的尊重與欣賞。我們常會稱讚一位客人的衣裳多麼的漂亮，卻往往忽略了身邊愛人的美麗。這篇文章，就叫做「合歡之外」罷！是我對簡宛情愛之外的一份激賞。

——《大華晚報》一九八八年九月二日

懷念敏隆

「告訴石頭，我很好，請他放心。」

農曆年，初惠長途電話到臺灣，這是聽到敏隆說的最後一句話：「石頭」指的是我，一個多月後，他的肝病加重，終於不治，棄我而去。

我們既然一起來了，你爲什麼先走了呢？

敏隆和我的生辰是同年同月同日，去年一起過五十，年輕時分別娶了簡家的大女兒初惠，二女兒靜惠，二位內助是親密的姐妹，我倆相投，也情同手足。

去年十二月返臺小停，同敏隆、靜惠談起他的病情，我心中已蒙上陰影，一再勸他暫時放下事業，全力保養身體，做兩年之後東山再起的計畫。

「男人沒有了事業，活著又有什麼意思？」

他雖然重病在身，氣魄還是不凡，但想不到一語成讖。

臨別臺灣那天，他的精神和興致特別好，親自駕車送我去桃園中正機場，同去還有媽媽、靜惠、邦彥、懋彥，擠滿一車，談笑風生，做爲海外遊子的我，一路享受著豐盛的親情。走進機門之後，同他們揮手而別，看到敏隆略顯瘦小的身影，心中不禁黯然，期望周圍的親友要多照顧他，再也想不到，這最後一瞥，竟成永訣。

第一次見到敏隆是他同靜惠由美返國，我們還在臺灣，我很欣賞他平易的個性，彼此一見如故。那時國際牌的生意已經相當大，他卻一點也沒有少爺架子。我們在一起時，身材一高一矮，他從不感到我的高大，我也不覺他的矮小。我們常談起一些抱負，他一再跟我說，他要從基層做起，很有一番事業心，後來證明，果然非常成功，更可貴的是，多年以來不改他平易的本性。

我們一家出國之後，敏隆、靜惠也常來美國看我們，一直到近幾年，他的工作太沉重，多半是靜惠一個人來。一九七八年，我們安排了一次「生命隊」老友大會，地點是北卡州的海濱，一共到了五家，他們夫婦遠從臺灣來參加，在海邊住了五天，每天各家輪流負責膳食，到現在，誰也沒有忘記敏隆做的「魯爸弃」（滷肉飯）。

在海邊的一個深夜，幾位男士提了兩打啤酒去釣魚臺上夜飲，談得興起，敏隆突做有感而發的驚人之語：

「這種生活多逍遙，給我省主席，我也不幹。」

敏隆的個性溫厚，心地善良，老實說並不十分適合巧取豪奪的商業界，但是他個人的事業心，以及對家族的責任感，使他責無旁貸，鞠躬盡瘁。如果他是一介「平民」，可能是世界上最快樂的一個人。

他的溫厚，也是他的風格，事業上他不突出自己，深得弟兄及同仁的愛戴，他對人的厚道與慷慨在臺北頗為人知，朋友都樂與之交。由於他的個性，在企業界也樹立了新的典型，講求企業倫理，推動社會服務，早期鼓勵靜惠創辦了洪建全基金會，致力文教，回饋社會，開企業界風氣之先。近年又成立了文經學苑，追求企業家的高尚情操與哲學思想，如果不是英年早逝，敏隆渾厚的天性，會使他在修養上更上層樓。

近年我常回國，每次都和敏隆夫婦做徹夜之談，敏隆雖然不善言辭，但是思想不落俗套，多年人生經驗，凝聚出不少智慧的結晶，我最欣賞他的一句話，就是「平常心」，待人處事不矜不懼的「平常心」。

我倆人生朝不同的方向發展，他在商業界，我在學術界，他常開我玩笑：

「我們同年同月同日生不好，你把讀書的燈光都取走了，害得我沒有燈光，書讀不好。」

我也向他抱怨：

「我也覺得不好，財運都被你拿去了。」

敏隆，我們既然一起來了，你爲什麼又先我而去呢？

現在，我多麼希望能拿出我所有的燈火，再燃起你的生命！想你也不在意放棄你的財產，換回你人間未竟的旅程?!我們一起再去北卡海濱，重遊英國倫敦。

（一九九〇年二月二十七日完稿於北卡嘉麗）

——美國《世界日報》一九九〇年四月四日

爲父之言

小兒石廷高中畢業，因爲成績不惡，北卡州大甄選爲最高榮譽學生，提供四年全額獎學金，還包括到英國劍橋大學上暑期班。親友們都很鍾愛他，又是恭喜，又有賀禮，外祖母也特地從臺灣來參加他的高中畢業典禮。

做父母的欣慰之情，不在話下，我們把節省下來的學費，買了一部小跑車「美雅達」(Miata)送給他，是禮物，也是他六年中學努力的獎品。

當然，父母不忘提醒他：「車子是給你生活帶來方便與樂趣，不是讓你發瘋的，O.K.？」

看他開車時，高興得合不攏嘴，就像第一次在街頭教會他騎自行車的模樣，那時候纔二年級，現在已經長得跟我一般高了，但是，稚氣的笑容跟從前是沒有兩樣。

簡宛常說孩子是「捏」大的，頗有想像力。孩子初生時，一個巴掌就托著他們在臉盆裡洗澡，以後牽著手學步，扶著自行車學車，領著他們打球，不就像是在自己的手掌心裡「捏」著長大的嗎？

老大石全去年畢業於康乃爾大學，典禮前兩天全家特地到校園各處走走看看，因爲老大是在康大長的，老二是康大生的，所以值得留戀之處甚多。

在比碧湖畔，石全提醒了我：「爸，這就是你滑落到冰水裡的地方。」

那時他纔五歲，在一個隆多的晴天，父子倆外出散步，走到比碧湖邊，滿湖結冰，我一時童心大發，踏上大冰塊，想不到冰塊因我體重而游動，腳下一滑，便落入冰冷的湖水裡，石全急著說：「爸，讓我拉你上來！」

當然我沒敢讓他拉，自己扶著岸邊爬了上來，渾身又冷又溼，他責怪我說：「叫你不要去，你偏偏要去！」

我們父子就是這樣子一起長大的。

老二中學時選上資優生，凌晨很早就要搭校車去遠處就讀，他常貪睡誤了車子，他體諒母親，便站在我床頭，很抱歉的叫我：「爸，巴士又走了。」

我再睏也只好打起精神送他上學。

石廷雖然貪睡，碰到自己喜歡的事絕不馬虎。小時候愛釣魚，清晨六點就來床頭叫我，父子倆便提著釣具去找魚，他釣魚很專注，我常在船中又睡上一覺。

家，一直是我們生活的重心，看著孩子的成長與成就是妻子和我最大的快樂。我們覺得人生之中其他的名利是順便的，不必要去強求，「傳宗接代」原本就是生命的眞實意義。往往很多人忘懷了人生眞正的目的，拚了命去爭取外人羨慕的利祿與名望，卻讓身邊的親人冷落與失望。有人覺悟得早，得以重圓，有人卻妻離子散，寂寞以終。

最近，布希總統夫人去衛斯理女子學院演講，有許多女學生反對她，認爲她的地位是妻隨夫貴，不是自己賺來的。那些極端的女士，不是看輕了自己，就是看輕了家庭和下一代。若不是芭芭拉持家有道，她的丈夫那裡做得到總統？如果美國都是破碎家庭，下一代又不斷墮落，做總統又有甚麼光榮？又所爲何來？總統制度的目的是爲謀求人民生活的幸福，並不是名位。

芭芭拉說得好：「美國的希望並不是在白宮，美國的希望是在你們每一個人的家庭。」

她甚至又說：「在人生的旅程，你絕不會因爲少做一項實驗，少贏一場官司，或少談一件生意而遺憾，可是你們將因爲未與丈夫、孩子、朋友或父母共度美好時光而抱憾終生。」

話雖然是對女學生說的，對男士又何嘗不然？你可以用顯赫的功業，來掩飾失敗的家庭和子女，但是，不容否認的，讓你感到衷心的安慰與快樂，還是子女的健康與成就。

簡與我有一個共同的看法，就是把家庭放在第一優先。有時候我們確實會因爲家而放棄了一些「功業」的機會，但是，我們得到的補償，竟然如此的優厚！我們達成了爲人父母的責任，也感到圓滿。

朋友開玩笑說：「恭喜你們孩子的成就，恐怕都是媽媽的功勞罷！」

我很同意的說：「孩子好，當然是媽媽的功勞啦，但是，媽媽好，是爸爸的功勞。」

畢竟我是她的長期忠誠的支持者，爲我們的下一代一起努力。

（北卡）

——美國《世界日報》一九九〇年十月二十九日

懷念姨父劉雨民先生

「到了我這年紀，能看到你們，就儘量來看看，看一次算一次了。」——一九八五年秋天，姨父和大姨由臺來美，三姨也從大陸來相會，並且聯袂來北卡看我們一家和大仲表弟。這是姨父私下對我講的一句話，雖然聽起來頗爲傷感，當時卻令我感動不已，足見姨父晚年對兒甥輩親情的殷切。

表兄弟妹和我在國內外散居各處，相聚不易，姨父當時年事已高，行動不太便利，但在大姨悉心扶持之下，居然走遍美國東西兩岸，把我們一個個看到，方才安心返臺。兩年前他老人家纏綿病榻，於去年不治而去。

我在臺中的少年時代，才和姨父、大姨一家熟悉起來，幾位表兄弟年齡相近，很容易便打成一片，大姨待人特別親切，眞正讓我如沐春風。有時去拜訪他們一家，總是早去晚歸，享受兩頓奶奶的北方麵食，下午或是同江中表哥去看場電影，或一起騎自行車亂逛，有時就賴在家裡看本小說。姨父家藏書甚豐，總之，在他們家裡覺得自在極了，「臺中市康樂街五號」，是我少年時代難忘的一站。當時年紀究竟是小，能夠享受到大姨春風般的親切，但難以體會姨父內慈外嚴的性格。姨父那時給我的印象是一位相當嚴肅的長者，同我和表兄弟談天，很多歷史掌故，很少家常閒話。我對姨父也頗敬畏，有一次前去拜訪，只有姨父一人在家，因爲見不到大姨，一時覺得無趣，便急忙告辭出來。

高中畢業時，姨父和大姨送了我一支名貴的鋼筆，特別祝福我「畢」定如意。念大學之後，我只要有機會去臺中，總要去看看他們一家。

大學時代，江申表哥和我一起在臺大，並且三年住同一宿舍寢室，情同手足。姨父若來臺北開會，一定找江哥去會面，有時候我也一道去，也許年紀漸長，我已能感觸到姨父在嚴肅面貌後面的慈祥心腸，除了關切我們的學業與生活之外，也聽聽我們一些年輕膚淺的見解。有一次我談起自己的大學論文，是有關藥用植物的採集，想不到姨父對中醫中藥有豐富的智識，同我講述中國有名的《傷寒論》和《本草綱目》，對我啓發極大。

完成臺大碩士學位，我到東海大學擔任講師，和姨父、大姨一家就更密切了，周末常從大度山下臺中總是去姨父家，小兒石全剛出生，姨父和大姨都很鍾愛他，常提起小全跟我兒時多麼相像。人生多麼奇妙，一代一代的來，一代一代的去，看到新生的一代，才感到自己的責任，也對上一代充滿了感激，才開始對上一代有了親近的瞭解，但是他們卻頓時遠離而去。長輩看我們又何嘗不然？好不容易見到我們成人成家，心意相通，而我們爲了事業卻遠走高飛，多年難得一見，到了人天相隔，才傷感到世間少了一位愛我的長者。

來美國二十二年，前十多年忙於學業、事業及幼兒的成長，近幾年因爲與國內合作，每年有機會返國，只要抽得出時間便去臺中問候兩位老人家，八七年還參加了他們的八秩大壽和金婚紀念。老一輩對婚姻的執著，情義的深重，深深地感動了我。

八九年姨父病危，我在臺北，特意沒有去臺中看望他，心中有一點自私的想法，我實在不忍去看到姨父的沈重病容，以免破壞了他在我心目中祥和健朗的形象，九〇年姨父終於告別人間，也解脫了病痛之苦。

（一九九一年九月寫於北卡州）

——美國《世界日報》一九九二年元月七日

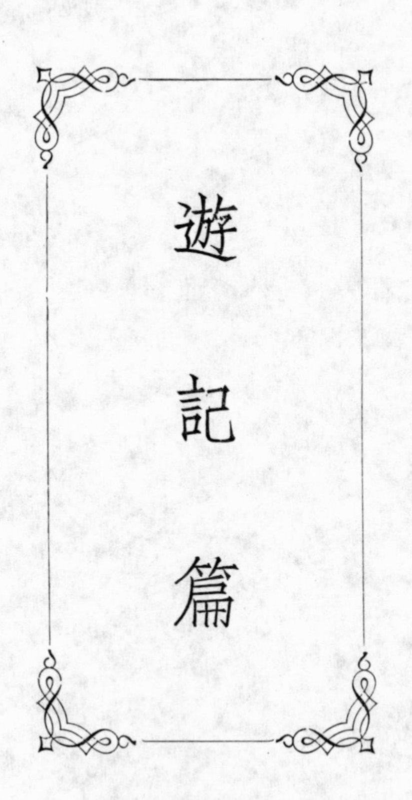

遊記篇

述情篇

西出陽關故人多

最近有機會到英國訪問研究半年，這是在美國大學裡做事的一點「紅利」，每六年可以「休假」半年到一年，倒不是眞休假，而是換一個地方清修，換地方很要緊，擺脫了許多學校的雜務，做一點定靜安慮的功夫。

選上英國的緣與因有三：第一，言語沒有困難，同操英語，換個腔調就行了；第二，去歐洲看看，西方文明源起於歐洲，大成於北美，但是西歐仍具特色；第三，威爾斯(Wales)的卡地芙 (Cardiff) 有位老史 (D.A. Stafford)，研究沼氣醱酵頗有名氣，與我是「臭味相投」。

離開美國「地盤」的當天，忽然眞有點「西出陽關」的味道。

話說當年離開臺灣，負笈美國，並沒有這種特別的感覺，美國的親友眾多，沒離開國門便已排好了新大陸由西到東的路程和會面的朋友，一路過來，見到的是異鄉，會到的是故人，在美國的第一個月，除了灰狗(Greyhound)列車上之外，用不到半句英語。到了康大，進了實驗室，才用英語同「老闆」寒暄幾句，轉首之間，便是好幾位「老中」同學，我擅長的中文又派上了用場，立刻打成一片。

而後畢業就業，在新大陸走到那裡都有老中朋友，尤其是學術界、專業界，每個有點水準的研究室都有華人的「硬裡子」，只要報過姓名出身，馬上交換出兩、三個共識的朋友，立卽一見如故，加上少壯派的留學生，往往一個研究所是老、中、青三代同堂，老美倒也好，側目歸側目，鄙視從來沒有，老中在學術界的成就有目共睹，大家都很尊敬的。

在地方上，互助、同樂的例子更多了，雖然不免有政治上的成見，一般而言，出國稍久都能寬容不同意見，互助合作，爲事業、爲經濟求發展，盡力下一代的教育，甚至朝美國的政治求表現了，正是「落地同生根，異鄉卽家鄉」，嘆什麼異鄉人的寂寞？在美國的同鄉多，平日熱熱鬧鬧，如手如足，如今要出塞西歐，這些手足從兩個月前便開始餞行了，「勸君更進一杯酒，西出陽關無故人」，一點背井離鄉的感覺油然而生，到了機場揮別，這離情別緒達到高潮，好在妻兒同行，否則說不定要演出一場「淚灑三角州」了！(註：北卡州以三角研究園區聞名於世)

初履威爾斯，繼遊歐陸，想不到各處遇到中國朋友，鄉音親切，或是同行同業，一見如故，兩相結交，反而是「西出陽關故人多」呢！

「華人遍天下」不是過甚其詞，卡地芙人口不過三十多萬，是中型城市，卻有中國街一條，大小店面七、八家，妻與我意外發現，驚喜非常，原來洋餐半年，心想也無所謂，但是見到「唐貨」，便覺得何必「委屈」？店員多操粵語，雖不完全領會，也覺得親切。我工作的大學，只有五千多學生，算是小型，但是，中國學生也有百來位，有中國同學會，還遇到一位中油公司派來實習的研究員，他是第一次出國！他鄉遇故知，分外親切。在巴黎住小旅館，想不到一位代理經理是從前政大的僑生。在尼斯（Nice），我們一家住進居府，他們是北卡州的舊識，這次相會歐洲，吹牛吹了三天三夜。哥本哈根（Copenhagen），第一次見到我嫂嫂的妹子，適丹麥人，不但熱心地招待我們，而且有如多年不見的知友，翻出一肚子的話，整晚都聊不完。在巴賽隆那（Barcelona）和米蘭（Milano）試了兩次中國餐館，老闆也陪我們聊了許久，中國廚藝名滿宇內，許多出外打天下的同胞，便從這裡立足。

喜歡音樂的同好，一談起音樂，初逢便成知己；愛打球的，談起球經，便滔滔不絕；做科學的，又何嘗不然？

今日學術交流頻繁，各種學會每年一屆，同行見面「一回生，兩回熟」，到後來對每年的相會還有點兒期盼，除了交換心得之外，意氣相投的竟成莫逆。美國境內，見面容易不在話下，即使遠在西歐，平日論文著作看得多了，也是心思相通，見面有如老友一般。

經巴黎之便，順訪巴黎大學的一位同行，學校已放假，她獨自在辦公室一邊工作一邊等我，其實她是前輩，三、四小時的討論，我領教的多，她收穫的少，對我並不是特別，而是對學問一份愛好，一份誠意。在芬蘭見到的同業有沙宏 (M. Sandholm)、安德生 (P. Andersson)、黎梅拉 (S. Niemela)，除了老沙是舊識外，其他二位是初見，由於一點共同的興趣，不免都有「相見恨晚，相談苦短」的感覺。

在卡地芙要住半年，同老史將朝夕相處，共同研究。此君雖然號稱「世代佛」（諧音Stafford），現在「入世還俗」，自己開了公司，做起沼氣醱酵的大生意了，看到科學家能化「腐朽（廢物）爲神奇（能源）」，進而還能「廣招財源，大展鴻圖」，這種創業的精神與勇氣著實可佩，筆者從旁鼓吹，樂觀其成。去年一項國際會議上才與老史初會，他已早享盛名，我是初出茅廬，但也小鳴驚人，彼此相惜，奠定今日合作之基礎。

世界是愈來愈小了，君不見歐洲共同市場，各國利害一致，經濟上結爲一體？人與人之間見面機會多了，由相會而相識，由相識而相知，科學工作者，由於「學術」一根紅線，不知牽引多少「姻緣」？「西出陽關故人多」，不也正是「四海之內皆兄弟」嗎？

環球散記

今年五、六月間去了臺灣、大陸，最後由歐洲回到北卡。前後經歷北卡州大在臺北和瀋陽舉辦的科技研討會，湘西初探老家和張家界，天津的簡宛作品討論會，荷蘭的訪問合作，五星期的見聞頗爲豐盛，是爲之記。

五月八日

由北卡州洛麗城，經二十四小時的飛行兼轉機，晚間到達臺北，英達兄前來相迎。首先去報到是啤酒屋，久違了小魚花生，辣椒蚋仔，大杯生啤，吃些舊情，喝些回憶。

五月九日

是巧合也是預謀，正好今天是母親節，同弟妹一起爲岳母慶賀，老人家的最愛就是兒孫成群，逗得她笑逐顏開。

五月十日

北卡州立大學（North Carolina State University）和臺灣工商建研會合辦「中美工農科技研討會」，籌備已有半年之久，敏昌和北卡校長爲主席，我是美方協助人，今天會合，一起做最後檢查。敏昌很有創意，也一心一意要把研討會辦好，國齊公司同仁發揮企業打拚精神，全力以赴。

妻初惠也於晚間回到臺北！參加北卡州陣容。

五月十一日

校長孟迪思（L. K. Monteith）及工農學院二十位教授全體到達臺北，是美國大學訪華，最大規模的團體。

平均年近半百的教授，因爲初次訪臺，充滿了新奇與興奮，這一路，我將不僅是一位開會的教授，更像一位學校旅行團的團長了。幸得另二位華裔教授周武修、方述誠的幫忙，爲我紓解不少責任。

五月十二日

工業組訪新竹，農業組分訪臺中、臺南，見識了臺灣企業界的活力與進取，也參觀了姐妹校交通大學。

臺灣的中小企業是經濟的主流，他們遍跑天下，產品導向世界市場。美國除了幾個大型跨國公司之外，大部分中小企業都非常保守、內向，也難怪美國市場盡爲亞洲產品佔有，北卡中小企業應該來向臺灣學習。

五月十三日

李登輝總統接見了部分代表，對談了一個多小時，話題不離李總統的舊愛──臺灣農業在經濟發展中的「英雄」角色。從長遠來看，過去的角色已與時俱往，未來的定位在那裡？何處著手再創農業的第二春？

「研討會」的會場堪稱一流，講員也很出色，可惜與會的專業人士不算踴躍。據說同時在舉辦的國際會議有好幾處，專家分身乏術。

這次會議，敏昌代表企業界邀請美國學術界交流，在臺灣很有開創性，啓風氣之先。臺灣學術和企業似乎還未能打成一片，這點值得向北卡州大學習，我校與工農商界合作密切，獲得企業資助研究的款項，曾經高居美國大學中的第四位，這次代表團訪臺，經費方面，除了臺灣工商建研會外，也得到美國企業的支持。

五月十四日

研討會圓滿結束，但也留下一點悲觀的陰影，目前臺灣農業發展的致命傷是：「土地遊戲」，勞力昂貴，水資源不足，新興的生物技術可以幫點忙，但也只能解決部分的問題。

晚間到香港，大夥兒迷失在五光十色的街頭和人潮裡。

五月十五日

飛到大連，這兒有迷人的海岸風光，也有活力十足的經濟特區。當地人豪情地說：「我們要把大連建設成爲北方的香港。」

過去近百年，香港有其特殊的歷史際遇，今天的繁榮不是早年預料的，更不是刻意營造的。

五月十六日

滑過大陸的第一條高速公路——瀋大公路，又見瀋陽，這是我個人第九次的到訪。

北卡州大與瀋陽已有多年交往，但以這次規模最大，瀋陽有六所院校與我校合作，分屬農業、工程及人文三方面。

晚間參加了聞副省長和科委羅主任的盛宴。羅錫鐸主任是這次研討會的大會主席，也是中國第一代核子工程師，他的誠摯總是讓我感動，試想當年他參加中國自力製造第一枚原子彈，那時是多麼的艱辛！又是多麼的驕傲啊！

五月十七日

「國際科技交流研討會」在東北大學隆重開幕，瀋陽四所工農院校加上北卡州大，濟濟一堂，頗為熱絡。北卡州大無意中，為瀋陽高等院校做了串連的工作，若不是與我校建交，他們之間的往來不多。其實，個別院校的人力財力有限，應該儘量合作，互通有無。

五月十八日

工農兩組，分別在不同的院校參觀並會談，閉幕式中再會合作結論，方式也頗別致。要找到共同的興趣，建立合作項目，並不容易。雖然說，科技發展的目的是要為人類服務，智識和技術的傳播也是人類服務的體現，但是短程來看，有幾位科學家，願意做付出多而收穫少的交流呢？

五月十九日

參觀了大陸出了名的鄉鎭企業，也就是中小企業的「雛形」，活力相當充沛。也參觀了一座現代化的養雞場，投資過高，回收成本不易。大陸勞力充裕，能源缺乏，高度機械化、自動化未必適合國情，還要找出路子，發展「中國式的現代化」。

五月二十日

爲中美合作找尋著力點，共同商討合作計劃，改造並發展中國的農村經濟。我校提出方案，協助中國建立新的農業體制，把教學、研究、推廣三方面結合起來，同時選擇適宜發展的農企業，做垂直經營整合（Vertical Integration），目的在提升農民素質，加速技術轉移，最後提高農產的效率、品質和利潤。

近十多年，雖然中國大陸農業發展快速，但是受限於體制，發展已達瓶頸，如不改造教育、生產、經營的方式，便無從提高農業收益，在農村有引起不安的危機。目前城市經濟和工業發展，是將農業做犧牲，糧價之低，遠落於工業產品價格之下，前幾年畜產好景，也不再持續，要賺錢只好製菸造酒了。

五月二十一日

一夜軟臥火車搖到北京，是這十來天睡得最好的一次。

在中國農業部，再度討論「農村經濟改造計劃」，中央和地方都感到農業改造的迫切性，至於沒有資金來試驗、來實現。我們希望合作尋求聯合國資助。

五月二十二日

在北京郊外留民營，參觀了高溫沼氣工程；是我個人與大陸合作的成績，運轉一年，效果不錯。五萬隻蛋雞的糞料，每天化爲大量沼氣能源，全村一百五十戶享用不盡，在中國試驗成功，即將「反移轉」到美國應用。

這項技術，發揮了國際合作的優勢，中國是沼氣大國，已有五百萬個大小沼氣池在使用中，經驗豐富，但是高溫反應是作者引進的新觀念，分在北京、上海試驗成功，美國因爲能源充裕，對一般技術的生疏，所以反而猶豫不決。

五月二十三日

送別教授回北卡，初惠同我留下，預備遊歷湘西。大家一同旅行兩週，難免也有些離情別緒。這批教授，也是北卡州「國際化」的一批種子，州內「國際土壤」不算肥沃，希望有幾粒強韌的發出芽來。

五月二十四日

和初惠、小王同飛湖南長沙，這晚初嘗「怕不辣」的道地湘菜。據說，四川人是「不怕辣」，湖北人是「辣不怕」，只有湖南人是「怕不辣」。

五月二十五日

乘車到湘西，一路顛簸十二小時，晚間到達苗族自治區首府，吉首市，舊稱乾州，是我祖籍所在地。

自治州州長告訴我：「祖籍乾州，當地石氏是大姓，您肯定是苗族之後。」意外的大發現，在美國是少數民族，在中國也是少數民族，同時發現，大文學家沈從文也是苗裔。

五月二十六日

去鳳凰城，拜訪了沈從文先生的故居和墓地，很可愛的一座山城，也體會出沈先生寫「邊城」的地方背景，中國實在是大，此地的風土人情，與北京、上海相較，去之何止千里？要認識中國，談何容易？

五月二十七日

山路一日，由吉首到大庸，沿途欣賞優美而鮮為人知的高山綠水，拜訪了電影「芙蓉鎮」的背景王村，也領教了湘西人之善飲，每食必有白酒（高粱烈酒）佐餐。

五月二十八日

終於到了張家界，這是近十年才開發的國家森林遊覽區，被大陸旅遊業譽為第一勝景。桂林之美，貴有灕江，但山色遠遜於張家界，登高黃石寨，俯瞰山群，峰峰崢嶸，氣勢比美美國大峽谷（Grand Canyor），而嶺峰之秀麗，又超過大峽谷遠甚。今天晴空萬里，走在深山之中，卻清涼無比，只可惜沒有看到山中雲霧的飄逸，和雲海的壯闊。

下山後，沿著金邊溪步行，仰望群山環繞，又是一番景象。張家界只是武陵源風景區的一部分，據說全區美景無數，兩、三星期遊歷不盡。

五月二十九日

夜宿索溪峪，再遊寶峰湖和黃龍洞。寶峰湖湖面不大，包圍在群山之中，靜得出奇，好似空谷幽蘭。

黃龍洞是我遊過山洞中，最大且富變化的一個，洞內步行一小時餘，起伏如登小山，還有河流蜿蜒，行船有半小時之久，其長度勝過遼寧省的本溪水洞，洞中沁涼而且空氣新鮮，原來設有發電機組，保持洞內的通風和照明。

五月三十日

限於時間，不得不告別湘西，感謝中國農業部、湘西自治州的安排，使我拜訪老家的夙願得償，並且欣賞到風景奇麗的張家界。

又是一天車程回到長沙。

五月三十一日

八〇年代，長沙附近的馬王堆發現一具漢代女屍，目前展覽於長沙的一座博物館內。這具女屍出土時已埋葬兩千多年之久，但是肌膚還保持柔潤，毛髮俱在，其存屍的祕方，至今尚未破解，也可見兩千多年前的楚國（今湖南），其文化和醫學已經非常發達。

下午在農校做了一場演講，大陸對新知的渴望與吸附力令人感動。農校內居然有一位長駐的德國專家，指導食品加工技術，也是德國在這裡埋下的一粒「種子」。

六月一日

昨晚到了上海，住進銀河賓館，新虹橋區是上海的外圍新城，建設一日千里，同我八二年第一次訪問比較，好像到了不同的國度。

在農科院與中方交換了有關沼氣的情況，這是和北京留民營同一計劃的兩座高溫沼氣站之一。

六月二日

昨晚到天津，會合了臺灣洪建全基金會來的文娟和治建，倍感親切。今天同遊天津市區，有北方上海的味道，從前的租界建築，全都保留了下來。

結識了才氣縱橫的馮驥才先生，他是畫家、文學家，又是骨董收藏家。晚間他刻意安排了西餐和芭蕾舞劇，餐館風味別致，芭蕾舞在此頗受大眾歡迎。其實，初惠和我倒想欣賞一場中國傳統的表演藝術，可惜未能如願。

在天津遇到三十年不見的老友杜國清，目前在北京擔任加州大學在華中心主任，是教授，也是詩人，趕來天津探訪，也是來參加「簡宛作品研討會」。

六月三日

「簡宛作品研討會」，是由文學評論家古繼堂先生所發起，簡宛是初惠的筆名，對她來說這是一份殊榮，也是她長程寫作中的一個「加油站」。到會的評論家、出版家和作家有五十多位，來自於全國各地。

會中對簡宛的作品做了介紹與分析，除了讚賞鼓勵，也有中肯批評。從討論過程中可看出，由於生活背景的差異，彼此對文學的看法也頗有距離，雖然是討論簡宛作品，也是海外與大陸華文文化的交流。

六月四日

上午參觀電視天塔，下午繼續討論會，對簡宛作品有不少別具慧眼的看法與肯定，譬如：

「簡宛作品有家常味。」

「不完全跟著感覺走，有理性的閃光。」

「開放式的民族傳統。」

「平靜、溫婉，充滿人性的光輝。」

「文藝和教育的結合。」

還有一句鼓勵的話，對我也很有啓發：

「不要求改變自己，要發展自己，昇華自己。」

六月五日

參觀了天津有名的泥人張、古文化街、品嘗了有百年歷史的「狗不理」包子。固有文化的特產與風味，在大陸有心人的努力下，也有不少保護與發揚。

晚間，「簡宛作品研討會」在頗爲感性的場面下做了結束。搞文學與搞科學著實不同，前者敏銳而多感，文化背景的衝擊與影響既深且大；後者力求客觀專一，比較中外相通，四海皆準，但是不免文化冷感，見識短淺。文學與科學，不妨彼此關照。

六月六日

由天津飛香港，和初惠同遊共事了四星期，在此不得不暫且分手，她返臺北再探母親弟妹，我的公事未了，接著直飛歐洲荷蘭，飛機不擠，橫身睡場好覺。

六月七日

凌晨抵達阿姆斯特丹機場，取行李時，有兩位不同國籍人士搶奪推車，各罵兩字英語粗話，簡短有力，發洩瞬時情緒。

傑瑞來機場相迎，北京才送他返美，這裡他又來接我，世界眞是愈來愈小，國際間的關係也愈來愈密切。同乘火車到家禽研究中心，接著便是演講和討論。

六月八日

整天會議，成果不錯，確定了雙方合作方向與項目。荷蘭方面決定邀我合作，建造一座高溫沼氣池。十五年的鑽研，沒有停止在學術的「故紙堆」裡，這是我的幸運。不論在世界何處，如果能做出一點有益的貢獻，其滿足感，也許超出十篇、二十篇的研究報告。

六月九日

訪問 Wageningen 農業大學，重逢老友賴廷格（Gatze Lettinga），這位廢水沼氣專家，想不到轉變成了「哲學家」，說起話來哲氣十足。我想，不管科技飛得再高再遠，仍然脫離不了人生。

晚間散步於 Apeldoorn，清爽的小城，荷蘭人很聰明，把所有的新、奇、雜、亂都集中在阿姆斯特丹，把國家其他部分整理得乾淨漂亮。這已是第四次來荷蘭，也是緣分。

六月十日

繞世界一周，回到北卡，石全來接我，走出機場，迎面而來的是華氏九十七度氣溫，歡迎非常「熱烈」。

回到家門，綠蔭扶疏，眞好。雖然是少數民族，卻有一份「四海爲家處處家」的自在。

(一九九三年嘉麗小築)

——美國《世界周刊》一九九三年九月十二日

小說篇

小詩篇

鄉　病

「你現在剛剛離開家鄉，對家鄉有較深的懷念，以後在這裡多看看，多聽聽，我想也許一年半載之後，你的想法會改變的。」

「……」

望著老三迷惑的眼神，同他七年前初到城裡的神情差不多，雖然他這樣勸著老三，卻覺得老三在迷惑之外，還有一些與從前自己不同的地方。

七年前，母親為老二整理著行李，雖然老二去的這座城市離家鄉不過八、九百里，母親似乎已經覺得老二不會回來了，只悶聲不響地流眼淚，對她而言，把兒子扶養成人，再送進城裡過富裕一點的生活，便完成了她一生的指望。

鄉間的落後與貧窮，使人人覺得能到城裡去謀生，是樁很體面的事，當然，要有能力去城裡也是一件不簡單的事，一要有盤纏，對鄉下人家說，這不是一筆小數目；二要有機會有能力，譬如到店裡當學徒，飯館做夥計等等，然後再憑個人的聰明和努力慢慢往上爬。也許是城裡人懶散，鄉下人又很珍惜進城的機會而拚命苦幹，在事業上的競爭機會雖然差一點，最後也可爭得立足之地，或當個店老闆，或做公司職員，消息傳回鄉里，可眞是件光采的事情。

不過，大哥的想法略有不同，也許他早已知道家鄉的那樁事，所以一直鼓勵老二到城裡學醫，爲老二籌足了路費不說，還準備了一筆錢進城裡的醫藥預備學校。老二知道錢都是借來的，但何以大哥那麼希望他做治病的大夫？那是他到城裡一、兩年後才弄明白的。

老大雖然沒有明講希望二弟回鄉，但從要他學醫這點來看，是盼望他能回去的，沒有說穿的理由，當然是不願勉強老二個人的志願。

「不論是在我們家或是地方上，你是很幸運的，當然，這也是由於你個人得天獨厚的聰明，這次我爲你籌旅費，親友都樂意幫忙，認爲你是可造之材，希望你不會忘記大家的恩惠和期望。

我大概留在家鄉不動了，母親年紀大，老三還小，加上地方上年輕人手越來越少，大家都爲不明白的原因跑掉了，地方總有地方的事，我們生於斯，長於斯，總不能棄之不顧。」

這是大哥對老二臨別時說的話。

初來城裡的兩年，老二生活著實辛苦，一邊在醫藥預校上課，一邊在飯館子裡打雜，在飯館做事最大的好處，是吃住全由老闆照顧到了，外加工錢和小費。

一年之內，老二就把大哥為他借的錢全給還清了，這點使他覺得相當的自豪，同時，也使他體會到了金錢在生活上的價值，這個價值，在一個人愈孤立時愈顯得重要。

也許是對醫藥知識的增加，一方面也是自己的好奇，在城裡的第二年，老二開始注意到自己身上皮膚的異常現象，身上、腿上出現了一些紫紅的斑塊，他找了一些有關的書籍來看，研究自己皮膚究竟是什麼毛病，那知不看猶可，越是多看書越使他惶恐。他與鄉下來的朋友們談起，發現多數人都有相同的病症，而城裡人就沒有。

一天，老二鼓足勇氣，去請教一位校內的醫師教授，終於，揭開了自己身上以及自己鄉裡的一個大謎，這也才悟解到大哥要他學醫的原因。

「這是落後地區的流行病，目前還是疑難症，」林教授檢視完老二的大腿，眼皮也沒有擡一下便說：「病徵是這樣，先是皮下出血顯出斑塊，再惡化便是皮下潰爛，潰爛之後便體重日減，因為不擴及心臟等重要器官，不致危及生命，但是相當痛苦，病的發展是慢性的，也許五年、十年紅斑才開始潰爛，之後只好拖著瞧了，恐怕要到去世才是最好的解脫。

病因到現在還不知道，也有人認為是營養不良引起的壞血，因為它總是發生在某些地區，有少數人提出遺傳性的看法，認為是某種天生的壞血，若眞是後者，對患者是太不幸了。」

「謝謝林教授的指教，但有沒有什麼可以做得到的防治辦法？」林教授揭開謎團之後，老二反而鎭靜下來。

「我已說過，病因不詳，也就無法對症下藥，如果持遺傳病的看法是對的，更是無藥可救。雖然如此，我們還是可以試從衛生與營養兩方面下手，你很幸運來了城裡，這裡環境衛生好得多，你自己再多注意飲食的營養，以後每月我為你看一次，也試試某些用藥，五年之內如果我們可以控制病況，也許就是好了，試試看罷！」

「照這樣說，我們家鄉的患者豈不是完全沒有希望了嗎？」

「希望不大，除非整個地區改善衛生，減少傳染性，並且要有富裕的經濟生活來增加營養，而這兩個條件都是長期性的，而且是牽涉極廣的工作，不是一個藥到病除的問題，你懂嗎？

你也不要太難過，根據公共衛生的調查，你的家鄉病患率是百分之五十，不算最嚴重的地區，有的鄉村已高達百分之九十以上，在那種地方，你幾乎找不到一個人，他的皮膚是完整的。」

這一夜老二失眠了，他擔憂的並不是他自己身上的病，只要他留在城裡，身上的病斑便可能會消除。使他憂慮的，是自己的前途與家鄉的未來，這種病症繼續蔓延下去怎麼辦？這種病又代表貧窮、落後、骯髒，是多麼可恥！更糟糕的是沒有「藥到病除」的方子，要靠長期的改善環境、消除貧窮，這是遠超過個人的能力所做得到的，以老二的眼光看，這幾乎是件不可能的事。

老二不是一個短視的青年，他懷念家鄉，也珍惜自己的才幹，他不願效法其他鄉村青年，來到城裡混碗飯吃便樂不思蜀，他眞想回去幫助大哥爲地方做事。

這以前，他覺得他前面的路子是坦蕩的、是明亮的，但是就在這一瞬間，路燈全熄滅了，黑漆漆的一片，什麼也看不見了，雖然他還可以試著摸索前進，但是將需要何等的決心？何等的毅力？加上何等的努力？

他開始同情那些留在城裡不再回鄉的朋友了，甚至羨慕那些早來到城裡，眼前已經賺到中上等階級生活的老鄉了，同時，他竟然忍不住暗暗懷恨起大哥來了，爲什麼要送我來城裡呢?為什麼不早告訴我村裡的眞相呢?難道他當初看不到我今日的失落嗎?大哥,你放逐了我,唉,大哥!

老二眞是迷失了好一陣子,整天不停地思考,不停地觀察,希望能為自己找出一條明路。

個人的責任感、志氣,甚至一點野心,再加上對家鄉的懷念,使他丟不開回鄉的願望。但在另一方面,他又勸自己冷靜一點、超然一點,他訓練自己如何把主觀的情緒放在一旁,把讀書時學來的「客觀態度」用來分析不同生活的得失,他又用「科學方法」,每一點得失都算上分數,最後定量分析不同選擇的總分,但是「回鄉」與「留城」的得分總是差不多,其中最有決定性的因素,是他看不出留在城裡的前途,留在城裡混飯吃,贏不過他的「志氣」一項的分數。

不久,一個決定性的砝碼終於落在天秤的一端了!

林教授最近的一席話,像一盞明燈突然在眼前亮起,照明了方圓數十尺,且不論遠途的黑暗與否,至少在光圈之內,一切都是那麼明亮,明亮就代表安全。對了,「現在」比「明天」重要,「平安」比「志氣」重要,還有什麼比「平安」的得分更高呢?

林教授是這樣說的:「我看你相當聰明、好學,成績也非常好,再半年預校畢業後,不難進入醫校或藥校。

我不知道你將來是否打算回家鄉？如果回鄉，我鼓勵你入醫校，如果留在城裡，也許藥校更適合你，第一，年限短，第二，容易找事，也許就可以在我的醫院的藥劑科做事，第三，大概你也知道，外鄉人在城裡做醫生是很難立足的。」

老二終於說服了自己，留在城裡，至少這在目前是最好的辦法，將來一步一步走著瞧罷，不踏穩第一步，還談什麼下一步呢？鄉病，暫時由它去罷，我一個人又能幫上什麼忙呢？若是多添自己一個病人，那更是不值了！

七年過去，老二的病沒有惡化，八成是痊癒了。工作也相當如意，他也知道這只是同鄉聚在一起時，互相比較一下的結論。若要去同城裡人比，那是自尋煩惱。

林教授對他相當照顧，兩年藥校畢業後，老二順利地進入林醫院藥劑科做事，之後不滿三年便做到了科主任，老實說，林教授倚賴他的能力的地方很多，他也明白，沒有林教授的地位與庇蔭，憑他自己絕無登上主任寶座的可能。

對家鄉來說，他的選擇也許是對的。在物質方面，第一年他便清償了債務，以後定期託人帶些錢回家，畢業做事後，送回的錢更多一點，對於一向清寒的家裡，這些錢當然是很受用的。在榮譽方面，他使母親高興極了，老二在城裡畢業那天，地方上的人士特地去向他母親道賀，並在他家門上掛彩緞和放鞭炮，足足熱鬧了一整天，上門來攀親的更不用說了。

到老二榮升藥科主任那天，地方上更是熱鬧，還特地在老二從前念書的小學堂裡，立了一座老二的小塑像，這是很有教育意義的，從此小學生們都開始效法老二，不但都肯用功讀書，而且很多小朋友，在作文本上都寫：「我的志願是藥劑師」了。

老二接到這些消息時，心情是很複雜的，他感到安慰，但也感到歉然。他覺得：兩個世界，兩種生活，榮譽與不榮譽是多麼不同的衡量尺度！在他的內心裡，他的行爲是不值得這樣推崇的。

老二眞正關心的，還是大哥對他的看法，大哥是聰明人，他相信大哥對一切是瞭然於心的，如果大哥責備他，他願立卽離城回鄉，如果大哥贊許他，他會在城裡生活得更安心一點，但是，老大的反應，旣不是正面的，也不是反面的，來信只說：

「二弟，你做的決定一定有你的理由，大哥沒有什麼意見，你在外多保重，有空就回來看看，三弟已長成，你若有能力，盼能助他深造。」

一個月前，老二回了一趟家鄉，爲了探望母親的病，也爲了帶三弟出來城裡念書。

出乎老二的意外，七年之間地方上確實進步不少，柏油馬路就多了好幾條，自來水、電氣也都有了，聽鄉親們說，這都是大哥的功勞。

兄弟重聚的快樂是難以形容的，老大老二兩人白天談、晚上談，談從前，談將來，談嚴肅的，也談調皮的，全家充滿了他倆的笑聲，兩人去田埂上賽跑，又去池塘裡游泳，還去了小學堂，去看那座老二的塑像，老大把老二新戴上的眼鏡取下來戴在塑像頭上，兩人相視大笑。啊！這幾天眞是痛快極了！

在老二的眼裡，大哥除添了幾根白髮，倒是神采奕奕，沒有一點老態。很顯然的，老大的事情做得很順手，碰到同輩或小輩的朋友，都對大哥相當尊敬，這一點著實讓老二心頭黯然了好一會兒，想起這些年在城裡做事，多是看人家臉色，「被尊敬」壓根兒沒想到。

老大的智慧本來不在老二之下，像他現在做的一些地方建設，雖然在城市的人看來，是微不足道的事，但老二是可以很公平的看出大哥的成績，如果大哥眞去了城裡，也許混得比他還強一點呢！在觀念上，也許老大是「老派」了一點，尤其是家鄉所發生的病，他並不是不知道，居然沒有趁早離開，爲了家庭，爲了家鄉，個人的名利，甚至個人的安全，都放在其次了，在某些人的眼裡，不是有點太迂腐了嗎？

若不是爲了家鄉的病情還仍然存在，老二幾乎也想留在鄉裡做事了。結果他還是走了，把三弟也帶了出來，而且今天還與老三擡了槓，他希望老三將來會覺悟到二哥幫他擺脫家鄉的苦心。

除了家鄉的疾病以外，還有些不大不小的原因促使老二回到城裡：第一是家鄉醫院又少又小，要經營個藥舖也不容易，藥材的來源與銷路都難；第二是老二已討了城裡的媳婦，不能太委屈她，老二不是不能試著說服她，主要是自己也沒拿定主意；第三是親友的「隆情盛意」使他有點受不了，在城裡，一個人自由自在慣了，回去後，親友的關切反使他有受壓迫的感覺，在家一個月，天天被請，大吃大喝，別說腸胃受不了，心理上也起了一種反感。

唉，鄉下人，眞沒辦法！

「二哥，你既然知道家鄉的人有病，爲什麼不回去想想辦法呢？你現在這樣做不覺得太自私嗎？」

「老三，我並沒有勸你不要回去，只是說，到時候你可能跟我有一樣的想法，也不肯回去了，你先不要太武斷。」

「大哥有次與我談起你，他很後悔當初在你離鄉之前，沒有老實告訴你家鄉是個病鄉，他希望你安心念書，等醫術有了成就再回去治病，想不到你在發覺疾病時，對家鄉感到特別失望，結果反而不回去了！」

「三弟，你是剛來，還不知道病情，絕不是你、我，甚至加上大哥的力量可以救得了的。我不是救世主，我只是一個平凡的人，希望過一個平凡人的生活，只要安安定定，心願已足。你先安心在這裡念書，也許一、兩年內眞有除病的方子發現，到時我們再回去不遲。」

「二哥，我還是覺得你太消極，你不是說防治這種病，目前最好的辦法就是衞生和營養嗎？大哥今天在家建這個，設那個，不正是朝這方向做嗎？雖然這不是直接治療的藥方子，但從其他方面慢慢去做不也可以嗎？」

「你現在剛剛離開家鄉，對家鄉有較深的懷念，以後在這裡多看看，多聽聽，我想也許一年半載之後，你的想法會改變的。」

「……」

老二覺得疲倦極了，拿下眼鏡，用手揉著眼皮，休假了一個月，明天又該回醫院上班了。他突然興起了一個念頭，何不再多請兩天假呢？他需要時間把事情好好想一想，做了才三年的事，他卻覺得有點厭倦，方圓數十尺的光圈，對他來說，畢竟還是太小了！

——紐約《聯合季刊》四卷四期一九七二年九月

〈鄉病〉已進入歷史，考慮第二部續曲？

——一九九四年附記

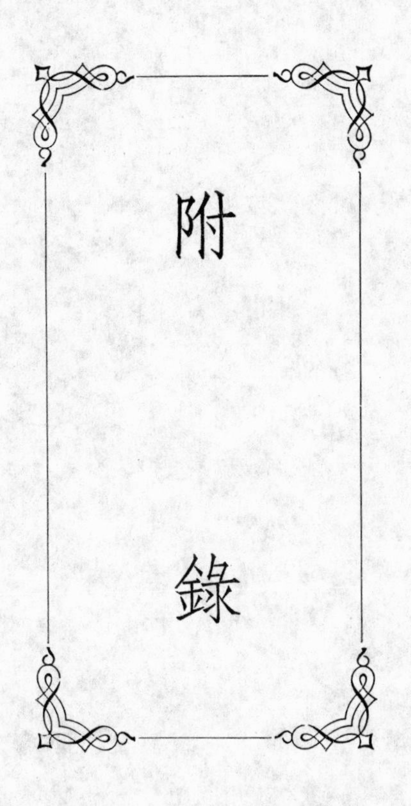

附錄

天下雖大四海爲家

陳忠義

最近二、三十年來，由於生化學家在「遺傳工程」、「重組遺傳基因」等研究領域，已獲得具體的成就，將來也許有助於人類解決能源、醫藥、糧食等重大問題。就能源危機而言，自一九七三年，由以埃戰爭，而爆發出中東產油國家，以石油作爲政治武器，從此之後，到八〇年代的今天，人類已經經歷多次「石油震盪」的痛苦，不斷的通貨膨脹、經濟衰退，除此之外，由於石油工業而帶來的「污染」問題，而使「環境學家」提出「生態平衡」、「生態維護」的呼籲，以免自食惡果。

在醫學、健康方面，多年來，人類對於心臟、腦血管疾病與惡性腫瘤、糖尿病等疾病，一直希望能獲得較有效的治療，由於生化學家的不斷努力，在最近都有了較具體的結果，對於人類健康的維護，是一極大的佳音。

糧食與饑荒，是目前第三世界面臨的最大難題，在東非，從衣索匹亞到南非，包括肯亞、索馬利亞、烏甘達、坦尚尼亞、莫三比克、尚比亞、辛巴威等國家，都面臨戰爭與饑荒的嚴重威脅，根據專家最近的統計，這地區最少有六千萬人，面臨饑荒的威脅。在亞洲，孟加拉、高棉也因爲兵禍連連，而產生極嚴重的糧食問題。

如何來解決這些問題？生化學家不斷在其領域努力研究，其成果頗有接近解決之道。

我國旅美生化學博士石家興，在這次回國參加「國際沼氣、微藻與家畜排泄物處理研討會」，並應邀就近代生物學對未來在能源、健康、糧食等領域可能的貢獻，分別在高雄、臺北發表演講。

石家興博士，現任美國北卡羅萊納州立大學（North Carolina State University）家禽系教授。由於北卡羅萊納州有美國最大的養雞業，所產生的動物廢料，每一年約有三、四百萬噸，如何來處理這些廢棄物，而不致造成污染，於是在兩年前，在石家興的主持下，以生化的方法來處理這些廢棄物，而有了具體的成果。

雞糞、豬糞、雞肥、豬肥

石博士以幽默的語氣表示，他不喜歡把這些畜產的廢料，稱爲雞糞、豬糞，因爲人類把自己的排泄物，稱為「水肥」，因此，這些家畜的排泄物，也可稱之為「雞肥」、「豬肥」，而事實上，這些畜料的廢料，經過處理後，對人類是有極大的幫助，稱之為「肥」，也是很恰當的。

這是石家與自一九六九年離開臺灣以後，第二次回國，雖說這次停留時間比較長，但也只有兩個星期而已，第一次回國，是在一九七八年，他返國奔喪，只停留一個星期，但在短短的一星期奔喪時間，也在洪建全文化基金會的邀請下，就「營養與血管硬化」發表演講。

在三天的研討會中，石博士就他在美國以雞肥所做的甲烷生成能力研究提出報告外，並前往臺南縣新化鎮「臺灣省畜產研究所」，參觀國內所作的家畜排泄物處理。

石博士認為國內利用紅泥膠皮沼氣袋來處理豬肥，所獲致的具體成果，足供各國的借鏡，他並計劃把在國內所做的這套計劃，帶回美國。

豬肥經過醱酵，可以產生沼氣，供燃料之用，臺灣省畜產試驗所，以水沖洗豬舍，讓豬肥流入沼氣袋，經過細菌的作用，在五至十天，就開始產生沼氣，這些沼氣可供燃料用，代替汽油，用來剪草機、引擎發電、抽水機、發動汽車、氨水吸收式冷凍機、乾燥機、沼氣燈、熱水器等功能，所處理過的廢水，可用來培養綠藻、養魚。

我國在一九六〇年代，就已開始試驗，利用豬肥產生沼氣，到目前已達到實用的階段。

石博士認為，臺灣省畜產研究所這套完整的處理過程，是值得大力推廣，對於農村能源自給自足，有極大的助益。

在回國這兩星期中，這位獲得美國康乃爾大學生化學博士的學者，馬不停蹄的參觀，拜訪中央研究院植物研究所、母校臺大醫學院生化研究所，又回到臺中東海大學，他曾經在東海化學系擔任三年的講師生涯，前往竹南參觀臺糖養豬中心的養豬設備。

國內研究精神令人感動

不斷的參觀與接觸，石博士表示，國內學者專家在有限的人力、物力下，研究的精神令人十分感動。

他舉例說明這種情形，如豬肥轉變為沼氣的研究，據說在國內最初研究只有四萬元的經費起家，眞正從事負責的只有兩人而已，在如此簡單的條件下，能有今天這種成績，是令人吃驚的，再和他在美國所作研究的比較，美國能源部（Department of Energy）撥款四萬美元，北卡羅萊納州撥款三萬美元，專門提供給石家與博士作雞肥沼氣的研究。

此外，他覺得，國內政府有關機構或國科會對私立學校的補助還不夠，石博士認為，應根據研究者的研究計畫來審核是否該給予經費補助，而不應該有公立或私立學校的差別，在美國麻省理工學院、哈佛大學等私立學校，每年均獲得聯邦政府最多的經費來從事研究，經費來自於納稅人，研究成果也是分享社會，何來公私之分？

石家興（祖籍湖南）於一九三九年生於四川省成都，年幼時，因爲戰亂的關係，隨著家人遷移到重慶、上海、香港，於一九五〇年全家才遷到臺灣。

「我小學讀了七、八個學校，最後才在臺北空軍子弟小學畢業」，提起他的求學歷程，在小學階段眞是千辛萬苦。

國小畢業後，很順利考上臺中一中，初中與高中都在臺中一中畢業，那時「我看了一部電影，片名叫『巨人』（伊莉莎白泰勒與洛赫遜主演），看到開採石油，噴出油來的那種巨大壯觀的景象，心中眞是舒服，所以我想大學考地質系。

但，沒想到，我考上了臺大植物系，雖然一時很失望，可是我的興趣很廣泛，對生物學也慢慢的喜歡起來，畢業後，又考上臺大醫學院的生化研究所。」

研究所畢業後，他並沒有急著出國，恰好東海大學化學系有一個講師的職位，於是他就擔任起教學工作。

這三年期間，對他有極大的影響，「也許因爲隨著年歲的成長，或許由於教學相長的關係，我深深體會到『學然後知不足』，於是有出國深造的念頭。」

在東海這三年中，於一九六六年，石博士與畢業於師範大學的簡初惠結婚，提到簡初惠，大家也許比較陌生，但提到作家「簡宛」，很多人就熟悉了，婚後，在臺灣他們生下第一個男孩石全。

於一九六九石家與攜家帶眷前往美國，他進入紐約州康乃爾大學繼續攻讀生化學科，於一九七三年獲得博士學位，在一九七二年，第二個男孩子石廷出世。

石家與一到康乃爾大學，就直接進入實驗室，他認爲，這和他在國內東海大學三年有極大的關係，而且由於教學的關係，使他在深造時，不論在學業或人事上，都有極大的助益。同時，最主要的，由於他是攜眷出國，婚姻使他無後顧之憂。

「我覺得家庭與婚姻，對我讀書研究有極大的幫助，每天從學校回來，家，給我在身心有寄託的地方，雖然每個月二百五十美元的獎學金生活很清苦，但那時也其樂融融。」

康乃爾畢業後，他隨即應聘前往伊利諾大學做研究，一年半後，又回到康乃爾大學從事研究一年，於一九七六年應聘到北卡羅萊納州立大學教書。

在旅美十一年的求學研究歷程，石家與博士於一九七六—七七年間，發明一種酵素檢驗法，這種酵素擴散分析法，可節省人力、物力、時間，不需貴重儀器，而且可用來大量的分析，比如有一次雞場上的小雞，死掉很多，利用「酵素擴散分析法」很快就查知是缺少維他命B_2引起的。

此外，利用「酵素擴散分析法」來檢查飼料中大豆的處理是否得當，均可以在極短時間內測知。這個方法，已被選入著名的「酵素方法」(Methods in Enzymology)。

美國「國家衛生署」(Nation Institute Health) 並撥款十萬美元，支持他在膽固醇方面的研究，此外，美國「能源部」，以及北卡羅萊納州政府均提供大量經費，支持他從事「畜產肥沼氣」的研究。

膽固醇與血管硬化

關於「膽固醇與血管硬化」的研究，石博士提出「保守」但又「樂觀」的看法。

一般人總認爲血管硬化，與攝取食物中的膽固醇有絕大的關係，但他認爲「並不是那麼簡單」。

石家興的父親與他的岳父，都因爲血管硬化而病逝。一九七八年他返國奔喪，爲紀念他父親因此病而逝世，而發表一次紀念演講，題爲「營養與血管硬化」。

根據最近他以鵪鶉鳥爲對象做研究，他表示：

「並不是純粹的膽固醇造成血管硬化，其眞正的原因可能是膽固醇的氧化作用，所產生的衍生物，才造成血管硬化。

目前所瞭解膽固醇氧化後的衍生物有三十五種，但到底是那一（幾）種造成血管硬化呢？還不得而知。」

石博士表示，做這種實驗很困難，因爲膽固醇氧化衍生物還很難大量提出，無法拿來在動物上做飼養實驗，現在只能用打針的方法，注射到血管，目前選種到一種鵪鶉很敏感，很快產生血管硬化，其原因，來龍去脈正在研究中。

他目前居住在北卡羅萊納州的 Raleigh 與附近的 Durham, Chapel Hill 等三個地點，連起來則成爲一個三角研究園區（Research Triangle Park），這三角區類似新竹工業園區，該地區有許多研究所、大學、實驗室與工廠，臺灣去的華人也有四、五百人，爲了促進我國在美國的社會地位，於去年組成「華美協會」，目前有會員一百五十多人，上個月召開大會時，北卡羅萊納州文化部長亦應邀演講。

把中國文化傳到美國

石家與博士也是這個協會的創辦人之一，他認爲過去在美華人比較保守，各做各的事，雖有成就，但也只是個人，無法發揮群體力量，既然，許多華人在美國生根，就須打進美國社會，並把中國文化傳播到美國。

這個組織有四個主要目的，包括：

——把中國文化帶入美國社會。

——爲下一代華人在美國的政治地位爭取權益。

——幫助移民的華人：如幫助越南的華僑難胞。

基於這些目的，在這「三角區」中，設有中文學校，爲下一代兒童上華語課程，或舉辦音樂會等等。

「天下雖大，四海爲家。」有一次，石家與博士與幾位朋友在高雄市某餐廳用飯，酒過三巡談起在美國的華人生活，石博士講出這麼豪壯的一句話，的確是，在這充滿多難多災年代，中國人不但在國內有成就，也把成就帶到世界各地。

——《時報周刊》一九八〇年五月十日

科學家的文章

思果

文章不是文人包辦了寫的。問題是不是文人不寫文章。文章最好由大家寫，這一來文學就有豐富的新天地了。

我最近看到石家興教授的《實驗台畔》（洪建全教育文化基金會出版），實在高興。他的夫人簡宛女士本來是名作家，而石教授則是生化營養博士。不過這是一本奇書，文人寫不出來。他以科學家的修養，談分子生物學、談生物技術、談科學家的風格、談膽固醇、談新工業革命等等，都是一般人不會談，也想不到的。他也談愛情、談眞理、談師生、談人才，這些大家都能談，而他談起來，另有見解，不同凡響。

我在這裡不能多講他這本書的內容，要講得讓科學兼文學家的人去講。我所能講的是，這本書眞開了我的眼界，我欣賞，快慰。只可惜別行別業的人不肯動筆。我早說了無論那一行，人人都有別人不知道的人情世故。而科學家居於特別有利的地位，能寫最值得讀的文章。

寫文章當然也要有點文字修養。石教授呢，如果不是科學家，他也能成爲文學家。我知道他的歌喉比我所知道的最著名歌星的還好。他不以唱歌爲業，是上億歌迷的損失，不過他在科學方面的造詣也替無數億的人，甚至今後無數代的人造福，這筆帳很難算清。

他的文章深入淺出，有情感，絕不枯燥。我太高興，反不能平靜下來、細細評論了。還想說的是，文人也得有點別的學問，那一門都好。至少文字上下了功夫，見多識廣。不用說英國第一位散文大家培根是哲學家，德國的歌德、英國的密爾頓兩位大詩人當代的學問幾乎全部精通。以自然科學、史學、醫學、考古學等等擅長的人同時有名著傳世的不知幾多。文學界不全是單料文人，也有學者。

——《海外文摘》第五九三期一九八八年四月一日

分解羽毛轉化營養飼料法

黃信媛

「化腐朽爲神奇，進而廣招財源、大展鴻圖」，是北卡州立大學家禽系石家與教授在一篇專欄中形容另一位科學家的頌詞，也是他多年來在生物技術研究方面努力的目標。現在這個理想已將成爲事實，不久，一種由羽毛分解而成的產物「Feather-lysate」，將成爲本州家禽飼料中的新產品。

石家與去年與一位舊日門生威廉，共同發現一種能將處理過的羽毛轉化成營養飼料的方法。目前正與一位臺灣農委會選派來進修博士學位的公費生李春進作進一步的研究。羽毛的主要成分是角蛋白質，性堅硬、難消化。石教授的研究小組以一種新發現的細菌分解羽毛，取得胺基酸，製造成易消化的蛋白質。這個發現非常幸運。石教授的另一專長是利用動物的排泄物，做厭氧發酵來生產沼氣。

這種細菌就是在生產沼氣的過程中偶然發現的。石教授指出，從羽毛分解的蛋白質，其品質並不遜於豆類。北卡州的火雞生產量居全美之冠，其他家禽產量亦遙遙領先。未來市場不可限量。石教授更指出，從不値錢的羽毛中提取昂貴的胺基酸的方法，亦可推廣應用到藥物、化粧品及調味品等高價値產品，經濟效益不止一端。

這位頻頻往返於機場與雞場之間的教授，目前進行的另一項研究是用鵪鶉鳥作動脈硬化的研究。據云，動脈硬化可能與疱疹病毒有關。這也是他的另一新發現。

石家與畢業於臺大植物系及臺大醫學院生化研究所，是康乃爾大學生化營養博士，也是名作家簡宛的先生。他那眾所周知的愛朋友、善詼諧的個性，讓生活在他周圍的人都感到他那一份熱情與眞誠。石教授天生一副好嗓子，有他的場合一定也少不了歌聲笑語。

石家與與簡宛夫婦雖身居海外，但對國內發展的了解與關懷未曾間斷，時常返臺開會、講學並與國內有合作研究計劃進行。對羈旅異鄉的留學生、訪問學者亦古道熱腸，盡力幫忙。

石教授曾發表論文八十多篇；中文著作一本——《實驗台畔》，在該書序中，石家與曾被形容爲「有科學頭腦、又具備文學心靈的作家」。

而住在三角地區之外的華文讀者，對他不易體會到的美德，是他與簡宛在此地對華人組織的活動，對海外僑教及華人參政運動，他們都一直熱心地、積極地推動著，對中國文化、對社會他們都有份強烈的使命感，令人敬、令人愛。

——美國《世界日報》一九八九年元月二十四日

這正是他們擁有的深沉的使命感，令人激賞，令人愛。

——美國《世界日報》一九八九年六月二十四日

動脈硬化與膽固醇無太大關係

石麗東

現代人只要聽到「膽固醇」一詞，便不油然心存警戒。在一般觀念裡，血管硬化與攝取膽固醇有絕大關係。當今地域不分中外，心臟和血管病都名列死亡原因的前幾名。

但是根據執教北卡州立大學的石家興博士，最近一年與人合作實驗的結果顯示：鵪鶉動脈血管之硬化與疱疹性病毒的關係，絕對大於膽固醇的攝取。

他的這項研究結果將於四月五日至九日在洛杉磯舉行的「美國生物年會」公諸於同行。石博士說，因爲實驗的結論和一般認知有所不同，他預期將會引起一番「君子之爭」。

人類研究科學的目的或在追求眞知，或者應用於日常生活當中，利裕民生。如果把前述鵪鶉實驗的結論推衍於醫學方面，則勢必改變「防」「治」心臟及血管疾病的方向。

石教授認爲疱疹性病毒導致血管硬化的理論如果能夠屹立不搖，那麼控制動脈硬化的有效方法不在減低食物中的膽固醇（使好些人失去口福），而在積極地使用疫苗或藥物來抵抗病毒，甚至在根本上提高人體的免疫能力。

石家興的這項實驗是利用日本種的鵪鶉進行，因爲恒常用以試驗的老鼠沒有動脈硬化的傾向，從實驗室中他發現：唯有攜帶疱疹性病毒的鵪鶉，在攝取膽固醇以後，才會發生血管硬化，而體內無此病毒的鵪鶉，卽使吸收高單位的膽固醇，依然不會發生血管硬化的現象。

導致鵪鶉血管硬化的過程大致如下：一個帶疱疹性病毒的鵪鶉在攝取膽固醇以後，潛在的病毒便開始活躍，病毒立卽傳訊給突變基因，突變基因促使血管的細胞大量增殖，類似瘤腫，到了最後堵塞血管而形成心臟病或中風。

石教授以學者的審愼態度指出：雖然在多次實驗當中，證明了病毒和突變基因的存在，但是最妥當的辦法是把病毒分離出來，他希望這件工作能在一、兩年內完成。

隔離病毒以後，科研工作者可進一步研製疫苗或對抗病毒的藥品，石博士說以鵪鶉做實驗，不僅費用不高，且時效快，譬如人的動脈管硬化乃經年累月而成，但鵪鶉的動脈硬化只消數星期便竟其功。

以上說法和醫學上研究人類動脈硬化的發現十分相近，休士頓貝勒醫學院的梅尼克教授(Dr. J. Melnick)確實發現病毒存在於人體內硬化的動脈血管之中，不過致病的過程尚未水落石出。

石博士說，使用鵪鶉做動脈硬化的實驗，始於一九八〇年代，最初只是「遊戲」性質，當時主要的工作是研究毛髮分解，結果發現了角質蛋白酶素（Keratinase），前後一共申請五項專利。

角質蛋白酶素分別把家禽羽毛變作飼料，並用於死亡動物家禽的處理、食品加工、製藥等用途，他記得兩年前實驗成功以後，校方建議先進律師事務所申請專利，而後再發表學術報告。

現年五十二歲的石家興，原籍湖南，畢業於臺大植物系和生化研究所，其後擔任東海大學講師三年。一九六九年負笈美國，取得康乃爾大學生化營養博士，先後在康大、伊利諾大學從事研究工作，本文所介紹的實驗是和威克福瑞斯特大學醫學院（Wake Forest Univ.）及北卡三角學園的化學工業毒物研究中心聯手合作，石家興是趁教授休年假的空檔並在皮優獎（Pew National Fellowship For Faculty Scholars）的獎助下進行該項研究。

石博士的妻子是知名女作家簡宛女士，她說：「家興去年一年拋妻別子到鄰城醫學院潛心研究，周末才回家歇息，有一次從實驗室出來，因爲腦子太專注，而出了車禍，險些送了命。」

據相熟的朋友說，石家興是一位進了實驗室就忘了時間的人，關於他「專注」的趣聞很多，有一次工作至凌晨四時，系館外面圍滿警車，原來簡宛以為丈夫出了意外，於是召警前來搭救。

綜計石博士的多年研究成果包括：一百零三篇學術論文，在國內他請得兩項專利；一項有關雞羽毛分解，一項與工業技術研究院合作「高溫沼氣發酵」，也於去年獲得專利。在美國，他已請得三項專利發明，另有兩項尚在審核之中。

石博士伉儷除了各自專門科研和寫作之外，同時熱心僑社活動，投注中文教育，譬如一九九一年夏天石教授前往德州農工大學參加學術會議，休士頓地區的美南華文作家協會獲悉後，特邀二位主講「生活品質」，由於他們的見識和才華超行越界，實際經驗即為「活典範」，那一日從寫作談到做人、處世、教子和夫妻相處之道，聽眾久久不散，成為去夏美南藝文圈的一件盛事。

石家與除了專研生化，還寫得一手好文章，他以「投石」為筆名所寫《實驗台畔》，是以科學理念，申訴人文思考。簡宛說她自己「為文重情，而家與重理」。他們的好友郭振羽教授說：「如此情理交融，才是圓熟的人生。」

——《中央日報》一九九二年四月七日

相悅

羅伊菲
郭振羽

一、雙雙

之一

伊菲

簡宛曾和我同校兩年，我們卻到離開學校以後才認識。我始終沒有和她同窗共讀的緣分，卻不知怎麼地，隔著時空，繫住了一份永世的情誼。

那一日，正是初夏好時光，初中剛畢業，高中聯考逼在眉睫，卻也壓不住那股歡愉無憂的童心。找著溫功課的藉口，和同班好友琦相偕回到空寂的母校，預備到那靠近食堂的防空洞裡，消一永晝。不料計劃落空，我們視爲己有的小窩，竟已被人先侵佔了！入侵者是兩個和我們一樣的綠衫人，一個白淨秀媚，一個明眸皓齒。爲了爭地，四個人免不了大吵一場，這一吵，倒應了古人說的「不打不相識」，吵出一段愈繫愈深的情緣，那兩人是蓉蓉與簡宛。

依稀記得當年的簡宛，閃著一對明澈靈慧的大眼睛，綻著一臉燦爛溫婉的笑；加上那一口悅耳的國語，著實叫人難忘。對她，我大約眞的算是「一見鍾情」吧！

之二　　振羽

和家與初次見面，是高中時候的事。那年暑假，各方英豪，相會金門，參加「金門戰鬥營」，接受幾個星期的戰地生活訓練。

當年會面的情景（將近三十年的中古史了），如今都已模糊。我們大約是給編在同一中隊吧！只依稀記得，那個臺中一中來的小伙子，高瘦挺拔，嗓子又來得好；能當標兵，能喊口號，主持起討論會來頭頭是道。

心想，這姓石的，是有兩把刷子。

二、對對

之一　　伊菲

她說比我早生幾個月，是我「姐姐」。我也樂得在她那兒享受那春日和風的溫煦。她天生就有股摯眞醇厚的韻味兒，叫妳一見她就想向她傾訴心事。我們同爲家中長女，但做起大姐來，她像模像樣，恩威兼具；我卻因少小離家到臺北讀書建立不起大姐的派頭，反而不時在想家想得兇時，跑到她家去，過一過做妹妹的癮。她家的地址：「臺北市中和鄉枋寮街一百號」，隔了三十年還清清楚楚印在腦門子裡。她家裡的人，文秀美麗的簡伯母、平易親切的簡伯伯、清雅帶書卷氣的靜惠；還有下面好多弟弟妹妹，面目雖不能一一記清，卻忘不了那暗闇的堂房大廳裡流溢的親和甯馨，活脫脫是蕭麗紅筆下《千江有水千江月》中，那令人沈緬低迴的古厝人情。

進了大學，交男朋友了，更常不辭路途迢迢地自木柵跑到中和，躺在她家的榻榻米上，與她做竟夜長談。年少時浮躁任性，純眞的愛情來叩訪時，並不自覺。她是第一個指點迷津的人。

之二

振羽

再見家興，初識簡宛，已經是大學三年級的事了。

又是夏天，在碧潭。伊非說，這就是她的好朋友簡宛，而那旁邊的是簡宛的男朋友石家興。原來人與人之間的緣分，就是如此牽連相繫的。

臺中一中的小伙子，如今已是臺大的高材生了。當年的高挺帥勁未減，卻又增多幾分自信，嗓子更加成熟了，唱起貓王來，可以亂眞。

看看他身邊大眼睛的女生。簡宛，如伊非說過的，是個典雅文靜型的乖女孩。她，可對付得了這號新潮人物？

於是伊非忍不住私底下給簡宛一些忠告：左一句「小心，多觀察觀察」，右一句「感情不要付出太快！」，卻不知簡宛慧眼獨具，早看出家興是個嶔崎磊落的男子漢！

三、生命之歌

家興和初惠，各有其韻味兒不同的魅力，他們成雙後，那股黏和力，就甭提有多強了。於是各方好友，好友的弟妹，好友的好友，都來相聚，「生命隊」於焉創立。那是一九六三年的春節，在羅東，伊非的家中；在花蓮，徒步走在橫貫公路的途中。家興領著大伙兒唱：「一把芝蔴撒上天。」

家興爲生命下定義。

他說：「生命對我們是一位千面精靈，有時它是一壺熱咖啡添上高談濶論，忽而是一瓶熱辣的五加皮加上豆瓣魚，有時它化爲一桿美妙的『一顆星』，忽而變成一曲忘形的阿哥哥，有一次它是迴響在大雪山的一片歌聲，也有一次裸浴在月夜的碧潭……」

這大膽詮釋生命的石家興，是個無可救藥的樂觀者。和他在一起，叫人覺得這個並不完滿的世界仍然充滿著希望。他的開朗進取，讓人覺得他這一生大約過得順遂如意，從來沒有嘗過憂傷和愴痛。眞正瞭解他之後，卻不免震慄，是怎樣的心路歷程，造就了這湖南男兒一無介塵的襟懷，不滅的信念和執著的愛心！

四、晴•偶陣雨

石簡的兩情，婚前是濃得化不開，婚後是甜得沖不淡。這一份至深至摯的情，不僅朋友們有目共睹，簡宛的讀者，想也耳熟能詳，他們夫婦二十年來的相知相許，家庭生活的和美幸福，宛如涓涓清泉，不斷在簡宛筆下流溢出來。

他們締造的溫馨小窩，從當年臺北八德路的窄巷到如今坐落北卡的嘉麗小築，一直是各方好友聚會的焦點。對我們說來，最難忘的還是他們在綺色佳的家。羈旅美國的那些年，我們總是不辭長征之苦，攜兒帶女去叩訪那設在康大研究生宿舍的石家莊。

石家莊氣氛歡愉，溫暖舒適，男女主人招呼起老友來那股熱絡和殷勤，常弄得客人不識相的，直想呆下去；有時更意猶未盡，呼朋喚友，倏忽間，大大小小就擠滿了一屋子。想想，眞是慚愧呀，光是三餐就夠石簡忙得人仰馬翻，怎麼他們的笑顏仍是那麼嘹亮？

石家莊當然也不是三十年如一日的波平浪靜，和風輕拂。偶然家與發起那湖南騾子脾氣，而簡宛又偏堅守她那鐵石定律，也可掀起一陣西北雨。他們爭的可都是有關國計民生的大事，譬如，涼拌黃瓜時應該先放鹽或是後放鹽；烤肉時，牛排應切薄還是切厚，即使是「戰爭」，也是熱烘烘的，叫人覺得他們兩個人，意雖左而情濃烈。而陣雨之後的晴天，那股甜馨，就不足爲外人道矣！

五、圓熟人生

簡宛能寫。早在三十年前和伊菲魚雁來往，說夢編夢時，即已顯出她的才情。是誰說過，每個十八歲的少男少女都是作家。誠然，慘綠少年時代的塗塗寫寫，是每個人成長過程中，一霎的光采；但難得的是，簡宛能緊擁這股光采，始終不懈地走在寫作的路上。這份恆心和毅力，有時比她的作品更令人感動。

近十多年來，我們兩家，一在天南、一在地北，她的文章我們沒法看全，但偶一拜讀，總是滿心歡喜。她為文輕淺自然，下筆親切懇摯，最擅長以平常心寫平常事，談她的散文和生活隨筆，就好像她本人躍然紙上與你談心。

家興是生化專家，可是他的識見和才華卻是超行越界的，在我們這個年代，學有專長的科學人員車載斗量，但擁有神來之筆的科學家，卻是鳳毛麟角，而家興就是其中之一。他以「投石」為筆名寫的《實驗台畔》，關心社會、介紹新知，篇篇清新雋永。這些短文，不但理路明晰，而且文采精華，雖是談科技，卻處處透露人文的精神。

簡宛說她自己為文重「情」，而家興重「理」，但細讀他們兩人的作品，倒覺得情中有理，理中有情。如此情理交融，才是圓熟人生吧！

——一九八六年七月於新加坡

後記：家興與簡宛比翼二十年，雙雙結集《實驗台畔》、《且慢相思》紀念，鶼鰈恩愛，謹以此文，祝賀老友白首偕老，福壽綿長。

石家興博士生平簡介

●一九三九年
祖籍湖南，一九三九年出生於四川
●一九六三年
臺大理學院植物系學士
●一九六六年
臺大醫學院生化研究所碩士
●一九六六——一九六九年
東海化學系任講師
●一九七三年
美國康乃爾大學營養生化博士

●一九七三——七五年
伊利諾大學生化系博士後研究
●一九七五——七六年
康乃爾大學研究家禽生化
●一九七六年——迄今
北卡羅萊納州立大學農學院生物技術教授
●著作：
學術研究報告一百餘篇
《實驗台畔》，一九八六年
《牛頓來訪》，一九九五年
●專長：
環保生物技術
營養生物化學
●發明：
美國專利七項

臺灣專利三項

加拿大專利一項

●榮譽：

英國威爾斯大學訪問研究獎助，一九八三年

聯合國專家，一九八七—九三年

美國皮優學者獎(Pew Fellow)，一九九一年

雷克里國際服務獎 (J. Rigney Award for International Service)，一九九四年

Sigma Iota Rho 學會國際學術服務獎，一九九四年

臺灣大學生物技術特別顧問，一九九四年

三民叢刊書目

⑤④統一後的德國　郭恆鈺主編
⑤⑤愛廬談文學　黃永武著
⑤⑥南十字星座　呂大明著
⑤⑦重疊的足跡　韓　秀著
⑤⑧書鄉長短調　黃碧端著
⑤⑨愛情・仇恨・政治
・漢姆雷特專論及其他　朱立民著
⑥⓪蝴蝶球傳奇
・真實與虛構　顏匯增著
⑥①文化啓示錄　南方朔著
⑥②日本這個國家　章　陸著
⑥③在沉寂與鼎沸之間　黃碧端著
⑥④民主與兩岸動向　余英時著
⑥⑤靈魂的按摩　劉紹銘著
⑥⑥迎向眾聲
・八〇年代臺灣文化情境觀察　向　陽著
⑥⑦蛻變中的臺灣經濟　于宗先著
⑥⑧從現代到當代　鄭樹森著

⑥⑨嚴肅的遊戲
・當代文藝訪談錄　楊錦郁著
⑦⓪甜鹹酸梅　向　明著
⑦①楓　香　黃國彬著
⑦②日本深層　齊　濤著
⑦③美麗的負荷　封德屏著
⑦④現代文明的隱者　周陽山著
⑦⑤煙火與噴泉　白　靈著
⑦⑥七十浮跡
・生活體驗與思考　項退結著
⑦⑦永恆的彩虹　小　民著
⑦⑧情繫一環　梁錫華著
⑦⑨遠山一抹　思　果著
⑧⓪尋找希望的星空　呂大明著
⑧①領養一株雲杉　黃文範著
⑧②浮世情懷　劉安諾著
⑧③天涯長青　趙淑俠著
⑧④文學札記　黃國彬著

⑧⑤ 訪草（第一卷）

陳冠學 著

本書是作者於田園生活中所見所感之作，內有田園意，有家居圖，有專寫田園聲光、哲理的卷軸。喜愛大自然田園清新景象的讀者，將可從中獲得一份未曾預期的驚喜與滿足；另有一小部分有關人性與人生哲理的文字，則會句句印入您的心底。

⑧⑥ 藍色的斷想

·孤獨者隨想錄ABC全卷

陳冠學 著

本書是作者暫離大自然和田園，帶著深沉的憂鬱面對人世之作。一路上你將有許多領略與感觸，時或有天光爆破的驚喜；但多數時候，你的心頭將披著一襲輕愁，甚或覆著一領悲情。這是悲觀哲學，卻是被熱情、關心與希望融化了的悲觀哲學。

⑧⑦ 追不回的永恆

彭歌 著

本書是《聯合報》副刊上「三三草」專欄的結集。作者以其犀利的筆鋒，對種種社會現象痛下針砭，冀望這些警世的短文，能如暮鼓晨鐘般，在這變亂紛乘的時代，起著振聾發聵的作用。

⑧⑧ 紫水晶戒指

小民 著

俗世間的珍寶，有謂璀燦的鑽石碧玉，有謂顯榮的列鼎封侯。其實生活就是人生最美的實物，不假外求。非常喜愛紫色的小民女士，以她一貫親切、自然的文筆，輯選出這本小品，好比美麗的紫色禮物，要獻給愛好文學也愛好生活的您。

⑧⑨心路的嬉逐

劉延湘　著

本書筆調清新幽默，論理深刻而又能落實於生活踐履。走一趟作者精心安排的「心路」之旅，您將莞爾一笑，心情頓時開朗。而您也將發現，原以為只是一條山間小路，結果卻是風景優美、鳥語花香的舒坦大道。

⑨⓪情書外一章

韓　秀　著

情與愛是人類謳歌不盡的永恆主題，它為空虛貧乏的現代生活加添了無數的色彩。本書記錄下了作者在日常生活中感受到的親情、愛情、友情及故園情，在書中點滴的情感交流裏，在這些溫馨的文字中，我們是否也能試著尋回一些早已失去的東西。

⑨①情到深處

簡　宛　著

本書是作者旅美二十五年後的第二十五本結集。身為一個教育家，作者以其溫婉親切的筆調，寫出篇篇充滿溫情的佳構，不惟感動人心，亦復激勵人性。將愛、生活與學習確實的體驗，眞正感受到人生的有情，生命也因此生意盎然。

⑨②父女對話

陳冠學　著

一位老父與五歲幼女徜徉在山林之間，山林蓊鬱，山泉甘冽，這裡自有一份孤獨的甘美。本書是記述作者父女在人世僻靜的一個角落，過著遺世獨立的生活的文學畫。舉世滔滔，這應是一面明鏡，堪供讀者對照。

⑨③陳冲前傳

嚴歌苓 著

在好萊塢市場，多少人一夜成名直步青雲，又有多少人一朝雲中跌落從此絕跡銀海。身爲一個中國人，陳冲是經過多少奮鬥與波折，身爲一個聰慧多感的女子，她又是經過多少的心路激盪，才能處於這洶湧波滔中。本書將爲您娓娓道出陳冲的故事。

⑨④面壁笑人類

祖慰 著

本書是有「怪味小說派」之稱的大陸作家祖慰，在巴黎面壁五年悟得的佳構。他的散文神遊八荒，情貫萬里，將理性的思惟和非理性的激情雜揉一起。讀其作品既能吸收大量的科普知識，又可汲取其飄逸文風的美感享受。

⑨⑤不老的詩心

夏鐵肩 著

夏先生一生從事文化工作，大半心力都用在鼓勵培植有潛能的青年人，助他們走上文學貢獻之路。而他本身亦創作出不少的長短佳文。本書收錄計有：詩詞小品、散文、方塊評論等。作者一顆不老的詩心，洋溢在篇篇佳構中。

⑨⑥雲霧之國

合山究 著

使中國風土之特殊性獨具一格的，與其說是天地的廣大，不如說是因塵埃、雲煙等而爲之朦朦朧朧的自然空間吧！精氣、神仙、老莊、龍、山水畫、奇書等，其產生是有如何玄妙的根源啊！就以「雲霧」爲起點，讓我們一起走進這美麗幻夢般的世界。

⑰北京城不是一天造成的

喜樂 著

打從距今七百五十多年前開始，北京城走進歷史的繁華紛亂。現在，且輕輕走進史册中尋常百姓的那頁，一盞清茶、幾盤小點，看純中國的揷畫、尋純中國的足跡。由博學多聞的喜樂先生做嚮導，就讓你我在古意盎然中，細聆歲月的故事。

⑱兩城憶往

楊孔鑫 著

霧裏的倫敦、浪漫的巴黎，除此之外，這兩城你可還留有其他印象。本書是作者派駐歐洲新聞工作二十多年的記錄。透過作者敏銳的筆觸，且讓讀者徜徉在花都、霧城的政經社會、文化藝術、風土人情以及歷史背景中。

⑲吹不散的人影

高大鵬 著

時代替換的快速，不知替換了多少人生舞臺上出現刹那的面孔；而人類，偏又是最健忘的族羣。本書中所收錄的文章，均是作者用客觀的筆，爲曾替人類社會或文化默默辛勤耕耘的「園丁」們，做最眞實的文字記錄。

⑳文化脈動

張錯 著

「我是一個文化悲觀者，因爲我個人一直堅持某種希臘式的古典禮範，而這種文學或文化古典禮範，已日漸有如夫子當年春秋戰國的禮崩樂壞。」作者就是以這顆悲憫的心，用詩人敏銳的筆觸，深刻而熱切的批判著臺灣的文化怪象。

⑩桑樹下

繆天華 著

本書是作者在斗室外桑樹陰的綠窗下寫就的小品散文。作者試圖在記憶的深處，尋回那些感人甚深的、發人深省的、或者趣味濃郁的人文逸事，不惟激勵讀者高遠的志趣，亦能遠離消沈，絕望的深淵。

⑩牛頓來訪

石家興 著

本書爲作者三十多年來從事科學工作的心情寫照，包括思想、報導、論述、親情、遊記等等。文中處處流露出作者對科學的執著與熱愛，及超越科學之外的人文情懷，篇篇清新雋永，理中含情，情中有理，爲科學與文學的結合，作了一番完美的見證。

⑩深情回眸

鮑曉暉 著

作者生長在一個顚沛流離的時代，雖然歷經千辛萬苦，但行文於字裏行間，卻不見怨天尤人；有的只是對以往和艱苦環境奮鬥的懷念及對現今生活的珍惜，以及世間人事物的觀照及關懷。做爲一本懷舊之作，或是清新的生活小品，本書皆爲上乘之作。

⑩新詩補給站

渡也 著

你寫過新詩嗎？你知道如何寫一首具有詩味的新詩？本書是由甫獲得「創世紀四十周年創作獎」的詩人兼詩評論家渡也先生，深入而精闢的剖析一首新詩的形成過程，指導初學者從如何造簡單句到如何寫出一首詩，是一本值得新詩愛好者注意的書。

⑩⑤鳳凰遊　李元洛 著

一生從事古典與現代詩論研究的大陸學者李元洛先生，如何在放下嚴肅的評論之筆，轉而用詩人細膩的筆觸，摹寫山水大地的訖行，以及人生轉蓬的寄悵，書中句句是箴話、處處有眞情，值得您細品。

⑩⑥文學人語　高大鵬 著

忙碌的社會分散了人們的注意力、淡化了人們對身旁人事物的感情，任由冷漠充塡在你我四周……而本書的作者以感性的筆觸，表達了自己對身旁人事物的眞心關懷，以平實的文字與讀者分享所遇所感，無疑是給每個冷漠的心靈甘霖般的滋潤。

⑩⑦養狗政治學　鄭赤琰 著

身處地理、政治環境特殊的香港，作者藉由動物的百態來反諷社會上種種光怪陸離的政治現象，在其輕鬆幽默的筆調背後，同時亦蘊含了嚴肅的意義。這一則則的政治寓言，讀之不僅令人莞爾一笑，更具有發人深省的作用，批判中帶有著深切的期盼。

⑩⑧烟　塵　姜穆 著

作者是一位出生於貴州的苗族人，卻意外的捲入戰爭。在臺娶妻生子後，所抒發對戰亂、種族及親人的眞誠關懷。內容深沉、筆觸淸新，充分顯露在生活的烈焰煎熬下，早已視一切如浮雲，淡泊名利，將其一生的激越昂揚盡付千里煙塵中。

⑽河宴

鍾怡雯 著

人間繁華的請柬處處，不如赴一場難得的野宴，聽一回水的演奏、看一場山的表演，再來細細品味鍾怡雯爲您端出來的山野豐盛清淡的饗宴——極盡可口的綠、十分道地的藍，以及不加調味料的白。

⑾滬上春秋

章念馳 著

章太炎，這位中國近代史上的思想家、政治家，曾因領導戊戌變法失敗而流亡海外。他雖是浙江餘姚人，卻有大半輩子的歲月是在上海度過。本書是由章太炎的嫡孫章念馳先生，從家族的口述和史料中，完整的敍述章太炎的這段滬上春秋。

⑾愛廬談心事

黃炎武 著

每個人心中都有一枝彩筆，然而在趕遠路、忙上班的歲月裏，杭頭上的日升月降中，像抛來擲去的跳丸，彩筆就這樣褪去了顏色……本書作者在辭去沉重的教職和繁雜的行政工作後，重拾心中的彩筆，爲您宣說一篇篇的文學心事。

⑿詩情與俠骨

莊因 著

一顆明慧的善心與眞摯的情感，經過俠骨詩情的鑄煉，將生活上的人情世事，轉化爲最優美動人的文句，呈現出自然明朗灑脫的風格。文學對於作者而言，不僅是興趣，更是他的生命，但他不泥古而創新，在其文章中俯首可拾古典與現代的完美融合。

⑪³ 草鞋權貴

嚴歌苓 著

曾經叱吒風雲的老將軍，是程家大院的最高權威，九個承繼他刁鑽聰明的兒女，則個個心懷鬼胎……一個來自鄉下的伶俐女孩，被命運的安排，走入這權貴世家。威權的代溝、情份的激盪、所有內心的驕傲與傷痛，這會是怎樣的衝突，怎樣的一生？

⑪⁴ 是我們改變了世界

張放 著

從事文學藝術的工作者是「人類靈魂的工程師」。如果作家不能提高廣大讀者的精神生活品質，而僅爲娛樂人心、滿足人們的好奇和刺激。那麼與馬戲團的小丑或兜售春藥的小販何異？故而作者不禁要問：是我們改變了世界，還是世界改變了我和你？

⑪⁵ 夢裡有隻小小船

夏小舟 著

日本人參加婚禮愛穿黑色、日本料理味輕單調、日本人性格分ABCD、還有情書居然可以賣……於日本教書的大陸作家夏小舟，在本書除了告訴你作者旅日的見聞趣事外，也且隨她乘坐那夢裏的小小船，航行向那魂縈夢遷的故國灣港中。

國立中央圖書館出版品預行編目資料

牛頓來訪／石家興著. --初版. --臺北
市：三民，民84
面；　公分. --(三民叢刊；102)
ISBN 957-14-2188-X(平裝)

855　　83012381

© 牛　頓　來　訪

著作人 石家興
發行人 劉振强
著作財產權人 三民書局股份有限公司
臺北市復興北路三八六號
發行所 三民書局股份有限公司
地　址／臺北市復興北路三八六號
郵　撥／〇〇〇九九九八——五號
印刷所 三民書局股份有限公司
門市部 復北店／臺北市復興北路三八六號
重南店／臺北市重慶南路一段六十一號
初　版 中華民國八十四年一月
編　號 S 85286
基本定價 叁元叁角叁分
行政院新聞局登記證局版臺業字第〇二〇〇號

ISBN 957-14-2188-X（平裝）